聯經經典

威尼斯商人

（又名：威尼斯的猶太人）

莎士比亞（William Shakespeare）◎著

彭鏡禧◎譯注

國科會經典譯注計畫

Julian L'Estrange (1878-1918)
飾巴薩紐，Charles A. Buchel
(1872-1950) 繪。

英國莎士比亞中心圖書館
（Shakespeare Centre Library）提供

Ellen Terry (1847-1928)
飾波點，Louise Jopling
(1843-1933) 繪。

英國莎士比亞中心圖書館提供

Harcourt Williams（**1880-1957**）
飾瓜添諾，Charles A. Buchel
（1872-1950）繪。

Elfrida Clement 飾潔西可，
Charles A. Buchel（1872-1950）繪。

Norman Forbes（1858-1936）
飾藍四籮，Charles A. Buchel
（1872-1950）繪。

英國莎士比亞中心圖書館提供

Arthur Bourchier（1863-1927）
飾夏洛，Ellis and Walery攝影。

英國莎士比亞中心圖書館提供

Muriel Beaumont（1881-1957）
飾尼麗莎，Charles A. Buchel
（1872-1950）繪。

英國莎士比亞中心圖書館提供

Violet Vanbrugh（1867-1942）
飾波點，Charles A. Buchel
（1872-1950）繪。

英國莎士比亞中心圖書館提供

SHYLOCK AND PORTIA
MR. ARTHUR BOURCHIER MISS VIOLET VANBRUGH

夏洛（**Arthur Bourchier** 飾）與波黠（**Violet Vanbrugh** 飾），
Ellis and Walery攝影。

英國莎士比亞中心圖書館提供

Arthur Bourchier（1863-1927）
飾夏洛，Charles A. Buchel
（1872-1950）繪。

英國莎士比亞中心圖書館提供

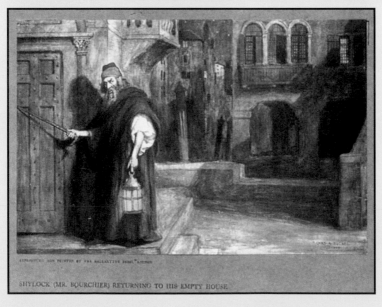

夏洛（**Arthur Bourchier** 飾）回到自己的空屋，
Charles A. Buchel（1872-1950）繪。

英國莎士比亞中心圖書館提供

THE TRIAL SCENE

法庭一景（夏洛潰敗），Charles A. Buchel
(1872-1950)繪。

英國莎士比亞中心圖書館提供

國立臺灣大學戲劇學系於2001年4月7日至9日公演(居振容導演)海報。

臺大戲劇系提供

謹以此書
紀念
敬愛的二姊夫
劉伯祺先生(1928-2006)

感懷他的愛
以及
畢生對戲劇的無私奉獻

前　言

　　民國90年10月，拙譯《哈姆雷》出版之後，我便著手《威尼斯商人》這個劇本的翻譯，於兩年後完成初稿。此後進行修訂與注釋工作，到付梓前，已經五易其稿。莎士比亞的戲劇文采洋溢，理想的譯文自然應該亦步亦趨，演、讀兩宜。臺南人劇團新銳導演呂柏伸兄於94年6月在臺北國家戲劇院的實驗劇場採用我的譯本執導《哈姆雷》，使我備受鼓舞，並且也更加深我的信念：台詞必須可誦可演。譯文的修訂多半著眼於此。基於同樣考慮，注釋部分也特別加強舞台演出的提示與討論。〈緒論〉部分凡是已有定論者，只簡單交代，不再贅述；重點則擺在法庭那一幕關鍵戲的演出。

　　這齣戲出版的戲文都稱作「威尼斯商人的喜劇」；但1598年在Stationers' Register登記註冊卻用了《威尼斯的猶太人》（*The Jew of Venice*）字樣。這個「又名」十分重要：它點出喜劇部分只適用於劇中的威尼斯基督徒商人安東尼，卻絕不適用於另一位重要角色猶太人夏洛。即使莎士比亞當代的觀眾很可能認為安東尼有驚無險，撿回一條命，歡歡喜喜收場，現代的觀眾或讀者恐怕多半無法接受這齣戲是喜劇的說法（請參閱〈緒論〉）。

　　這個劇本譯注的完成，特別感謝國科會的支持，能夠蒐集到大部分重要的資料、參加國際會議發表論文。在華府福哲圖書館(Folger Library)短期研究期間，承林逸、美華伉儷安排、接待，並協助尋找資料。譯文部分，內人燕生照例和我先行「讀劇」，之後又請了有舞台經驗的力德和孟芳詳校，提供更多修改意見，力求貼近原文，也適合舞台搬演。附錄的兩篇論文原先以英文發表，分別由家麟和安之翻譯為中文。謹在此一併致謝。

彭鏡禧_{謹識}
於臺灣大學

緒　論

　　根據學者的研究，《威尼斯商人》的寫作期間約爲1597-98；不會早於1596年暮夏，因爲第一場第一景撒拉瑞諾提到「我滿載的安珠號」（Andrew），正是1596年6月，艾塞斯伯爵（Earl of Essex）擄獲的西班牙大帆船（原名San Andrés）；也不會遲過1598年夏天，因爲這齣戲在那一年的7月22日註冊登記在案。正式出版則是要等到1600年，所謂Heyes-Roberts四開本問世（Mahood 1-2, 168-69）。

　　《威尼斯商人》是莎士比亞頗受歡迎的一齣戲。有人聲稱它跟《哈姆雷》（Hamlet）一樣，在莎劇中演出次數最多；有些演員更因飾演劇中猶太人夏洛這個角色而聲名大噪，雖然自1605年之後的一個半世紀，沒有此戲的演出紀錄（Mahood 42）。資料顯示，從1879年到2004年間，具有指標意義的英國皇家莎士比亞劇團（Royal Shakespeare Company）及其前身莎士比亞紀念劇場（Shakespeare Memorial Theatre）一共演出《威尼斯商人》75次，在莎士比亞39齣戲中，名列第七，只比第一名的《哈姆雷》（82次）少了七次，超過第八名的《馬克白》（Macbeth， 64次）和第十名的《羅密歐與朱麗葉》（Romeo and Juliet，61次）（Chrystal and

Chrystal 66)[1]。根據這齣戲拍攝的電影雖然遠不及《羅密歐與朱麗葉》（77次，第一名）和《哈姆雷》（75次，第二名），但是到2000年為止，也有18次之多，和《安東尼與克麗芭婷》（*Antony and Cleopatra*）並列第八（Chrystal and Chrystal 15)[2]。

《威尼斯商人》的內容備受爭議。對本劇舞台演出有深入研究的James C. Bulman認為這齣戲表現了「初期資本主義社會裡的緊張關係——聚斂財富與商業冒險、階級對立、變化中的婦女角色、對少數族群的歧視——是1590年代倫敦的寫照」（13)[3]。他在為「莎劇演出」（Shakespeare in Performance）系列撰寫的本劇專書中，詳細評論了Henry Irving(1838-1905)以降的著名演出及演員，以迄於1990年代。他認為《威尼斯商人》在莎士比亞諸多戲劇中，受到的歷史壓力最大；也就是說，各個時代的演出，格外能夠表現當代的品味和價值觀。其中最關鍵的問題在於到底這齣戲是反猶太人，還是揭露基督教徒的偽善？如何對待夏洛，便成了西方觀眾矚目的焦點(143)。因為夏洛輸了官司之後，波黶和安東尼等人窮追猛打，不僅逼他放棄契約、沒收他的財產，更要他當場放棄自己的宗教信仰，改信基督教[4]。

1　Chrystal and Chrystal說明資料來自Shakespeare's Birthplace Trust的線上檔案庫（www.shakespeare.org.uk）。

2　Chrystal and Chrystal說明資料來源是Eddie Salmon, *Shakespeare: A Hundred Years on Film* (London: Shepheard-Walwyn, 2000)，疑誤植作者姓：正確的全名應是Eddie Sammons。

3　〈緒論〉（包括注釋）及譯文注釋中，出現在引述作者（或作品）之後的括弧內阿拉伯數字代表引文在該作者（作品）的頁碼。

4　莎士比亞是否歧視猶太人，乃至反猶，抑或他只是反映所處的時空環境？論者意見紛紜。近來對這個問題研究得最為透徹的著作，當

除了種族與宗教的問題，看法經常尖銳的對立之外，其他從社
會、經濟、法律、正義、女性……種種角度對本劇的研究，車
載斗量。無怪乎Leggatt要說，這齣戲是主題研究者的樂土(118)。

一、故事來源

　　跟莎士比亞絕大多數作品一樣，《威尼斯商人》的故事並
不是他的「原創」。這齣戲的大要如下：

　　　　威尼斯有個年輕人，名叫巴薩紐，揮霍無度。貝兒芒
　　　有個少女，名叫波點，承受了父親遺留的巨大產業，
　　　正在招親。阮囊羞澀的巴薩紐想要到貝兒芒試試運
　　　氣，便求助於安東尼，希望借到三千金幣，以壯此行。
　　　安東尼在威尼斯的基督教徒中生意做得最大，平素對
　　　巴薩紐特別好，曾經多次資助過他。但在這節骨眼上，
　　　安東尼的投資都還在海外，一時籌不出這麼大筆數
　　　目。兩人只好轉而向自己平素極為鄙夷的猶太人夏洛
　　　借貸週轉。
　　　夏洛說他願意不計前嫌，代為籌款，而且不取利息，
　　　只要求在借貸的契約上寫明，如果三個月內無法還

（續）────────────

　　　屬James Shapiro的 *Shakespeare and the Jews*（1996）。他認為前人，例
　　　如G. K. Hunter等，試圖為莎士比亞脫罪(83-85)。另參見顏元叔
　　　256-57，Harold Bloom Space171-91。
　　　Daniel H. Lowenstein也指出，兩個多世紀以來，許多演員、導演、
　　　批評家認為夏洛是受到惡意中傷的受害者，而波點和其他基督徒則
　　　是偽善者(1157)。

錢，便要索取安東尼身上的一磅肉作為賠償。他特別
說明這是一紙「玩笑契約」（"merry bond"）。巴薩紐雖
有疑慮，但安東尼因為預期在一個月內就有數倍的進
帳，當下同意簽約。

巴薩紐到了貝兒芒，依照波點父親遺囑規定的方式，
在金、銀、鉛三個匣子當中，做出正確的選擇，贏得
了波點。正在慶祝的時候，從威尼斯傳來消息：安東
尼的商船並沒有如期歸來，而還錢的日期已過，即將
面臨夏洛的刀剮。他託人捎來的信裡，表明希望死前
能夠再見巴薩紐一面。

波點當即決定讓巴薩紐攜帶巨金回威尼斯，設法拯救
安東尼。她自己謊稱前往修道院小住，實則和侍女尼
麗莎假扮男裝，冒充法學博士，趕赴威尼斯法庭，參
與斷案。

在法庭裡，擔任法官的波點（化名包沙哲）多次要求夏
洛以慈悲為懷，接受巴薩紐所提出的數倍賠償金。夏
洛不為所動，堅持要依法執行契約。波點終於同意，
但是，正當夏洛要在安東尼胸口動刀之際，她提出了
警告：夏洛可以割安東尼的肉，但是必須不多不少，
恰恰一磅，並且不得流安東尼一滴血，否則夏洛的所
有家產都要充公。夏洛決定放棄行刑，準備拿錢走人；
但波點不准所請，且進一步指出，夏洛以一個外邦人
的身分，明顯圖謀威尼斯人的命，依法要沒收財產，
甚且可以處死。

最後公爵饒了夏洛一命，把他財產的一半交給安東尼
處置，另外一半，除了繳納部分罰款之外，仍歸夏洛
使用，條件是：在他死後必須留給夏洛的女兒潔西可
和跟她捲逃私奔的基督徒女婿羅仁佐。

退庭之後，巴薩紐在安東尼力勸之下，把波點給他的
定情戒指送給「法官」包沙哲，以爲答謝。

回到貝兒芒，波點爲了那只戒指大發雷霆。尷尬的安
東尼再度做保，保證巴薩紐今後絕對不會背誓。波點
這才把自己假冒法官的事情說明白了。她也帶回安東
尼海外船隻平安獲利歸來的信息。

　　從以上簡單的劇情摘要看來，這齣戲裡面包含了若干故
事，主要的有：(1)巴薩紐向波點求愛的過程，這中間又引出如
何選擇金、銀、鉛匣子的故事；(2)夏洛和安東尼之間的一磅肉
契約；(3)波點爲戒指的事瞋怒，也就是戒指風波。這三個故事，
都有所本。

　　一般認爲，莎士比亞的《威尼斯商人》主要脫胎自佛羅倫
斯人 Ser Giovanni 於 1558 年出版的義大利短篇小說集 *Il
Percorone*（意思是「大羊」、「笨瓜」)的一個故事。原作的梗
概如下[5]：

_____

5　參照Brown 的英文翻譯(140-53)。另見Muir 86-87, Mahood 2-3及本
　　劇其他各現代版本。

佛羅倫斯富商賓多（Bindo）臨終之前託孤，把小兒子賈內特（Giannetto）交給好友威尼斯巨賈安薩多（Ansaldo）為義子。安薩多極喜愛賈內特，資助他到海外遊歷。賈內特聽說貝兒芒提（Belmonte）有個富有的寡婦在招親，願意嫁給能夠賺得她一夜繾綣的人，便在途中繞道前往去嘗試。寡婦在酒裡下了蒙汗藥，賈內特睡得不省人事，因而沒有成功，卻把船輸掉，因為依照約定，失敗的人必須留下所有財物。賈內特回去謊說是船觸礁。如是者兩回。安薩多這時候已經不再富裕，但是為了幫助賈內特第三次出海，便以自己的一磅肉作為抵押，向一個猶太人借了一萬金幣。這一回，寡婦的一個侍女警告賈內特不要喝那酒。他果然和寡婦成了好事，兩人結婚。

婚後他忘了安薩多替他借錢的事，契約到期之日才想起來。他的妻子讓他帶十萬金幣回威尼斯，自己則假扮為律師隨後跟去。猶太債主拒絕接受十倍的償金，為的是要「能夠誇口，他宰了基督徒商人中的老大」。「律師」來到威尼斯，宣稱能夠排難解紛。賈內特說服了猶太人一同來到她面前。她勸債主拿十倍的償金，但那猶太人不答應。於是她就同意猶太債主取安薩多的一磅肉，而在千鈞一髮之際，警告他割肉不得超過或少於一磅，也不可以流一滴血，否則要砍他的頭。猶太人改而要求拿錢，也未獲准，憤而撕毀契約。

賈內特要以那十萬金幣爲禮金，答謝律師，她卻只要
他的戒指。回到貝兒芒提之後，她硬說丈夫把戒指給
了他的威尼斯老情人。等到賈內特哭了，她才說出律
師的身分。最後，賈內特把那個幫助過他的侍女嫁給
了安薩多。大夥兒從此過著幸福的日子。

　　《威尼斯商人》和這個故事明顯相似，包括安東尼對巴薩
紐的財務支持、一磅肉的契約，以及戒指風波[6]。但是，一如往
常，莎士比亞也做了許多改動，乃能脫胎換骨。語言方面不提，
情節方面的重大改變有三：

　　首先是安東尼跟巴薩紐之間的關係：兩人不再是義父與義
子，而比較像是親密的朋友，雖然年齡上似乎有些差距。莎士
比亞也沒有讓巴薩紐因爲結婚沖昏了頭，忘記自己的恩人；我
們很難想像賈內特這樣的人成爲可愛的主角。

　　其次是女主角擇偶的方式。寡婦用蒙汗藥欺騙來求親的
人，其實更像詐財。相較之下，波點（精確地說，應該是波點父
親）以匣子選婿，是公平競爭[7]。而藉著對金、銀、鉛的選擇，
莎士比亞帶入他慣愛討論的主題之一：表象與實際的差距。

　　再者原作賈內特把婢女許配給自己的義父安薩多，更是唐
突可笑。莎士比亞的安東尼在戲的開場第一句話就說出自己心

6　人肉契約的故事，早已存在於民俗傳說，選匣子的故事自9世紀以來
　　也有不同版本。參見Muir 86-90，Mahood 4-6，以及近代各家版本的
　　導論。

7　部分論者認爲波點有作弊之嫌，請參見第三場第二景，65行注解。
　　另見張靜二。

中的憂悶，到了戲終的時候，雖然撿回一條命，卻在舞台上眼看著三對新人攜手進臥房而更顯落寞孤單。

二、劇本詮釋

契約·風險

　　《威尼斯商人》的戲劇結構可以從它的場景分配來看。戲裡的情節，分別在威尼斯和貝兒芒來回發生。威尼斯是莎士比亞時代公認的國際貿易中心，不僅是多金的藝術之邦，也以政治穩定、執法嚴謹、寬容外籍人士著名(Mahood 13)。劇中安東尼和夏洛的借貸行為、法庭的審判、基督徒和猶太人的衝突都在這裡發生。相較之下，貝兒芒則是浪漫愛情的溫柔鄉：波點的美貌與財富吸引了來自各方的競逐者，而巴薩紐在這裡求婚成功。

　　這樣的二分法雖然方便，卻失之過簡。這齣戲其實有兩個主要觀念貫串全劇，一是契約，二是風險，兩者或有關聯，或無關聯，但都是商業行為的必然條件或後果。這齣戲的標題《威尼斯商人》提供了這種理解的線索。

　　在威尼斯，安東尼簽給夏洛的借據是推動全劇發展的首要關鍵。由於這一紙契約，夏洛才有了對付安東尼的機會；也由於這一紙契約，才有了後來出人意表的翻盤。一個猶太人憑著一張借貸契約，在基督教國家的法庭上要求依約割下一個基督徒商業鉅子的一磅肉；就在快要執行的前一刻，卻被告知割肉不得流血，根據的理由在同樣的一張契約裡。

　　即使在所謂浪漫溫柔的貝兒芒，契約的重要性也不下於在威尼斯。我們看到波點抱怨自己必須遵照父親的遺囑擇婿：

> 我既不能選擇我喜歡的，也不能拒絕我不喜歡的：活生生一個女孩兒的意志就這樣給死翹翹父親的遺囑抑制了。(1.2.15-17)[8]

　　波點父親的遺囑等同一紙契約，做女兒的必須照著做，才能繼承龐大的遺產。波點的**意志**受到**抑制**，不滿之情顯露在她的雙關語裡。看似輕鬆有趣的彩匣擇婿也有嚴苛的遊戲規則，來試試運氣的王孫貴族必須遵守：選對了匣子，人財兩得；選錯了，必須立即離開、不得洩漏匣子內容，而且答應終身不娶。這樣的風險還不大嗎？無怪乎有許多人乘興而來，敗興而返，甚至臨時怯場，退出競逐。

　　巴薩紐選中了正確的匣子，波點依約把她自己以及她擁有的一切都交付巴薩紐，並且送給他一只戒指為證，說：

> 　　我連這戒指一併交出；
> 要是您把它捨棄、遺失、或送人，
> 那就預告您的愛情破產，
> 我可就有機會來責怪您。

8　引用原劇或釋文之後括弧內的阿拉伯數字代表引文在劇中出現的「場次、景次、行碼」（例如此處指「第一場第二景15-17行」）；若前文以明顯標示場、景，則僅注明行碼。

（3.2.171-74）

巴薩紐立即回應道：

但這戒指若是

離開這手指，我的命也會離開世界：

那時候啊，儘管說巴薩紐死了！

（3.2.183-85）

可見這只定情戒指的授受，對兩人而言，也是一種約定行為。因此，後來引發的戒指風波，就不宜等閒視之了。

　　至於冒險，劇中重要人物都要經過這個試煉。選匣子是一翻兩瞪眼的賭博，賭客固然要冒極大的風險，設局的人——波點的父親，以及執行遺囑的波點——風險也不會比較小。前引波點的焦慮，原因正在這裡。在威尼斯商場，例子更多。我們看到首席富商安東尼冒著大風險把多數家財都放在遠洋貿易，以致一時之間無法籌足三千金幣給巴薩紐。巴薩紐一再揮霍之後，決定再豪賭一場，貸款三千金幣到貝兒芒求親。他用弓箭手尋箭的邏輯來比喻：

我在學生時代，要是射丟了一枝箭，

就再射一枝大小、重量、力道相同的，

到同樣位置，更仔細地觀察落點，

以尋找另外一枝；冒了兩次險之後

往往兩枝都找到。……

　　　　　　　　　　　　　　　　　　（1.1.138-42）

現在他希望安東尼再度解囊相助，請他

再射另一枝箭到您射第一枝箭
的同一個方向，我敢保證，
我會注意目標，若沒把兩枝都找回來，
至少會帶回您這次所冒的風險，
懷著感恩，繼續虧欠您的上一次。

　　　　　　　　　　　　　　　　　　（1.1.146-50）

安東尼爲了他再冒一次險，和素所鄙夷的夏洛簽下人肉契約，因爲他自信滿滿：

　　　　　這份合約
到期之前一個月，我等著的
回收是合約價值三倍再三倍[9]。

　　　　　　　　　　　　　　　　　　（1.3.147-49）

還直誇夏洛心腸好：「猶太人要變基督徒了，他越來越好心。」話說得十分輕鬆。而夏洛若是這時候已經心生謀害安東尼之

9　三倍再三倍：原文是"thrice three times"，可以解釋爲「三乘以三」
　　或「三次乘以三」。見本書譯文頁27注14。

意，他也有風險：三千金幣是一筆大數目，約合今日27萬英鎊（Holland 24-25）；果真安東尼如期還債，夏洛豈不就平白損失了三千金幣巨款可能帶給他的高利？這個契約對兩個人來說，都是極大的冒險——也就是一場豪賭[10]。

法庭觀察（一）：是量罪還是入人於罪？

　　討論這齣戲，攸關前文提到的正義、宗教、族群衝突等問題的法庭那一景(4.1)必然是眾所矚目的焦點，因為這齣戲雖然名為喜劇，它的主軸之一卻似乎愈來愈向悲劇發展；一直到了法庭裡，經過了一番周折，才完全翻轉過來。Cerasano認為，夏洛敗訴後的出場成為決定本劇演出的兩個「最重要」時刻(key moments)之一(114)[11]。這個說法當然說得通。不過，如果把安東尼－巴薩紐－波點的三角關係考慮進去，並且如筆者一樣，把它視為本劇的重點之一，則波點在庭上那出人意表、石破天驚的補充判決——

　　　　且慢，還有別的話要說。
　　　　這張契約卻沒有說給你一滴血。
　　　　白紙黑字明明寫的是「一磅肉」。
　　　　照契約來吧，你就拿走你那磅肉，

10　林瓏南認為，「劇中猶太人夏洛克的斤斤計較，與基督徒明白的賭徒性格，適成一強烈對比」(17)。實則這種冒險精神，顯現在劇中包括了夏洛以及眾求婚者在內的許多角色。

11　Cerasano提出的另一關鍵時刻是第五場，劇終之時情侶和安東尼如何出場。

但是割肉的時候，如果你灑了
一滴基督徒的血，你的土地和家當
根據威尼斯的法律都要被沒收，
交給威尼斯充公。

（4.1.298-305）

——可能更爲關鍵。面對這晴天霹靂的補充判決，夏洛一步步退讓，直到傾家蕩產，還險些賠上性命。

到底波點是什麼時候想到這條「威尼斯的法律」呢？這個問題的答案直接關係到這齣戲的詮釋。

或許有人會說，這是波點急中生智的神來之筆。但是這不僅太過驚險，也十分牽強：主角安東尼的性命不應該是僅僅靠著運氣得到保存。

波點其實有備而來。除了她個人的機智慧點，她有個眞正的法學博士親戚貝拉瑞歐，造詣深厚，是公爵諮詢的對象。波點派人從他那裡取來的，不會只是一封介紹信而已，還有審理本案的相關法令與種種建議（一如她手持的介紹信所言）。無論如何，波點進法庭之前，必定已經知道，按照法律（至少按照威尼斯的法律），割肉不包括流血（我們且不論這種法律是否合情合理）[12]。

12　有些法學專家認爲這張契約連合法性都可能有問題。這張契約若是執行，會使安東尼喪命，因此，從某些法律的觀點來看，雖然安東尼是欣然簽約，這約卻可能沒有法律效力。參見張麗卿。

　　若是這樣，她故意不在開庭之初就說清楚，反而要替安東尼求情，懇請夏洛「法外開恩」，分明是在演戲（事實上她已經扮了男裝——等於穿了戲服——假冒法學博士），製造懸疑氣氛，好使後來的翻盤更加戲劇化。這在莎士比亞所本的故事源頭也是如此。不過，相較於Ser Giovanni那篇明顯宣揚「害人反害己」或「惡有惡報」的短篇小說，莎士比亞筆下的波點花了許多工夫，苦口婆心的跟夏洛大談慈悲的道理：

　　　　慈悲之心並非出於強迫。
　　　　它像柔和的雨自天而降，
　　　　落到下界，有雙重的福份：
　　　　既造福施者，也造福受者。
　　　　這在權勢之人最有效力。
　　　　它適合在位的君王，勝過冠冕。
　　　　權杖顯示凡間權柄的力量，
　　　　乃是敬畏和威儀的表徵，
　　　　因此君王受人畏懼、害怕；
　　　　然而慈悲高過權杖的威勢。
　　　　它坐在君王內心的寶座，
　　　　乃是上帝本身的一種特質[13]。
　　　　世間的權力若要比擬上帝，

13　參見欽定本《聖經・箴言》20: 28: Mercy and truth preserve the king: and his throne is upholden by mercy（王因仁慈和誠實得以保全；他的王位也因仁慈立穩）。

　　　須以慈悲搭配公義。因此，猶太人，
　　　雖然公道是您的訴求，您要考慮：
　　　一味地追求公義，我們誰都不能
　　　得到拯救。我們都祈求上天慈悲，
　　　同一篇祈禱文也教我們為人處事
　　　要悲天憫人。　　　　　　　　　　　　　　（4.1.177-95）

　　我們可以說，波點藉著這一段著名的台詞，做球給夏洛，好讓他有個下台階，表現仁慈之心，拿銀子放人。台詞裡面提到的「同一篇祈禱文」，指的應該是《聖經‧馬太福音》6: 9-13的〈主禱文〉（the Lord's Prayer），文中請求天父「免我們的債，如同我們免了人的債」。換言之，波點希望夏洛能夠將心比心。這是往好處想。

　　另一方面，既然夏洛堅持要取安東尼的肉，正好顯示出他的毫無人性；因此，隨後的逆轉判決，也就不至於太過分。整個判案過程猶如一齣《量罪記》：夏洛怎樣對待安東尼，波點也同樣對待夏洛[14]。然而，以莎士比亞當時的宗教觀，改信基督教乃是夏洛獲得永生的唯一途徑；逼他改宗，其實是拯救了他的靈魂。這和現代人信仰自由的觀念大不相同，我們今日讀此劇，不得不察。

14　《聖經‧馬太福音》7: 1-2：「莫要論斷人，以免受到論斷。因為你
　　怎樣論斷人，也必怎樣受到論斷；用什麼衡量人，就會受到同樣的
　　衡量。」寬恕的主題出現在莎士比亞多齣戲劇裡，其中有一齣名字
　　就叫《量罪記》（*Measure for Measure*）。

即便如此，我們還是要問：為什麼波點每每在勸阻夏洛之後，又似乎鼓勵他堅持拒絕拿錢走人？例如在前段引文之後，波點接著說：

> 我說了這許多，
> 無非想勸你不要堅持討回公道，
> **你若執意如此，執法如山的威尼斯法庭**
> **必須做出不利於這商人的判決。**
>
> （4.1.195-98；粗黑字為筆者所加，以下同）

巴薩紐苦苦哀求她法外開恩，「為一椿大大的善，做一件小小的惡，／不讓這殘酷的魔鬼一意孤行，」波點回答得斬釘截鐵：

> **這不可以**；威尼斯沒有任何權力
> 可以改變已經確立的律法。
> 那會記錄成為一項先例，
> 將來多少非法的勾當會
> 接著此例接踵而來：**這不行。**
>
> （4.1.211-15）

充分表現她是個恪遵法律的人。波點第二次的勸說繼續動之以情，但是仍然絕對以法律為先：

> 欸，這契約過期了，
>
> **根據法律這個猶太可以要求**
>
> **一磅肉，任他在那個商人緊貼他**
>
> **心臟的部位割下來。** 大發慈悲吧：
>
> 收下三倍的錢；叫我把這契約撕了。

（4.1.223-27）

但是任夏洛「依法行事」的堅持下，波點似乎已經無「法」挽回安東尼的命運。此後庭上的對白如下：

波點	好吧，就這麼辦：
	您[安東尼]必須準備敞開胸脯挨他的刀。
夏洛	啊尊貴的法官，啊青年才俊！
波點	因為法律的意涵和精神
	跟這張契約書上面所記載
	違約當受的處罰完全符合。
夏洛	對極了。啊智慧而正直的法官，
	你看起來年輕，卻那麼的老練！
波點	因此您要袒開胸膛。
夏洛	對，他的胸部。
	契約這麼寫的，對吧，尊貴的法官？
	「緊貼他心臟」：一個字都不差。
波點	確實如此。這裡可有個秤來秤
	肉的重量？

夏洛	我已經準備好了。
波點	夏洛，您出錢，找個外科醫師來，
	替他療傷，免得他因流血而死。
夏洛	契約書上可有提到這一點？
波點	是沒有這樣明講，但有什麼關係？
	您這樣子行善事也是好的。
夏洛	我找不到，沒有寫在契約上面。
波點	至於您，商人：您有什麼話說？

（4.1.237-56）

　　看戲看到這裡，觀眾一定覺得安東尼必死無疑，因為波點已經要他立遺囑了。夏洛更是以為勝利在望。殊不知這是波點的「量罪」計謀。如此看來，波點豈非有誤導夏洛之嫌[15]？

法庭觀察(二)：安東尼－巴薩紐－波點的三角習題

　　接下來的一小段話裡，安東尼表明了他的心跡：

> 幾句話而已；我已經有心理準備。
> 咱們握個手，巴薩紐。永別了！
> ……
> 替我向您可敬的夫人致意。
> 告訴她安東尼喪命的過程。

15　參看Goddard 108-10對波點的強烈意見。

說我多麼愛您，蓋棺論定替我美言；
故事說完之後，請她來評斷
巴薩紐有沒有被人愛過。

(4.1.257-70)

這段引文最後一行的原文是：Whether Bassanio had not once a love.有些學者把love注釋為friend（朋友），強調的是「男性契闊」（male bonding）的高貴友誼。這是可能的。巴薩紐也以同樣深摯的情感回應說：

安東尼，我已經娶了妻子，
她的可貴如我自己生命一般；
但我的生命、我的妻子、加上全世界，
在我眼裡都不如你的一條命。
我願拋棄一切，對，用那一切
獻祭給這個魔鬼，來拯救您。

(4.1.275-80)

　　然而，重要的不是我們的看法，而是巴薩紐的新婚妻子波點的看法。身在法庭親耳聽聞這兩個男人的真情告白，她作何感想？她的反應如何？我們聽見她立刻接著說：

尊夫人不會為此感謝您的，
要是她在場聽見您這樣的奉獻。

(4.1.281-82)

顯然波點不認為這兩個男人之間的關係純真無邪。才剛剛驚險的擺脫了「死翹翹父親的抑制」的「活生生一個女孩兒」，當然要全力維護自己婚姻的幸福。莎士比亞跟著又讓瓜添諾和尼麗莎說了類似的對白(283-87)，更加深觀眾對這個問題的印象。

　　這齣戲近年來有多場重要演出，都把安東尼和巴薩紐的情感定位在同性戀或雙性戀[16]。筆者曾經為文指出，安東尼給巴薩紐的信函(3.2.314-19)，使波點起了警覺之心，從而決定親自前往威尼斯一探究竟，看看安東尼到底何許人也，看看他跟自己新婚但尚未圓房的丈夫到底是什麼交情；而她在法庭上親眼目睹、親耳所聞的，幾乎已經證實了她最擔心的疑慮。剛剛才冒過一次選婿風險的波點，不希望才要開始的婚姻將來會出任何差錯，自是情理之中。聰明慧點的她，便在救回安東尼一命之後，設計了戒指風波，回到貝兒芒家裡逼安東尼再度出面擔保，順利解決三角習題：

安東尼	我敢再一次擔保，
	以靈魂抵押，保證您家老爺
	今後絕對不會故意打破誓言。
波點	那您要當他的保人。把這個給他，
	叫他比以前那個更小心保管。

16　參見本書譯文頁121注25。當然，認為安東尼對巴薩紐有同性戀的說
　　法，並不自今日始(Leggatt 119)。

安東尼　　看著，巴大人，發誓保守這個戒指。

（5.1. 250-55）

上一回安東尼以肉體替巴薩紐作保貸款，這一回更以永生的靈魂作為抵押。波點自導自演的這齣戲，鬧了大半天，大概就為了等安東尼的這句保證。波點這樣做，不只是讓這齣戲更為討喜有趣，而是要藉此教訓丈夫，並且讓安東尼知難而退，以確保自己的婚姻（Perng "Letter"，中文版請見本書附錄一）。

法庭觀察（三）：要不要借刀殺人，這才是波點的問題

然而，在這齣戲以「喜劇」落幕之前，有過驚心動魄的場面，卻是素來受到忽略的。

且讓我們再回到法庭現場。就在波點兩度宣布判決，容許夏洛動刀，而夏洛也準備就緒，正待下手之際，她又拋出這麼一句：

且慢，還有別的話要說。

我們都知道，她要說的「別的話」，就是前面引用過的「割肉不得見血」的法律條文。劇情從此急轉直下，孑然一身的外邦人夏洛終究不敵眾基督徒。安東尼當然不能死──他是這齣「喜劇」的主角。然而我們前面提出的問題還沒有解決。我們依然要問：波點究竟是**在什麼時候決定**拿出她那「割肉不得見血」的祕密武器？波點姍姍來遲、十足戲劇化的補充判決，真

的只是要給夏洛足夠的機會，讓他見好就收？果眞如此，夏洛應該輸得心服口服。或者是波點故意誘導夏洛，使他以爲自己必然勝訴，因而掉進波點設計的法律陷阱？果眞如此，夏洛也是咎由自取，正應了一報還一報的老話。

其實，法庭裡的波點，這時候很可能正陷於一個兩難的困局：要救安東尼還是不要？安東尼是她丈夫的摯友，理當相救——更何況這是法律所許可。然而安東尼也是她潛藏的情敵，理當剷除——而法庭裡只有她自己知道如何替安東尼解套。

就筆者所知，以往的演出，即或留意到波點和安東尼間的競爭關係，卻無一眞正著墨於這個重要的轉捩點。1999年Trevor Nunn執導本戲，把安東尼對巴薩紐的愛界定爲同性戀，而巴薩紐比較像是雙性戀者。據此，Nunn對這個判決做了一個精彩無比的詮釋。在他隨後以電影拍攝的版本裡，我們看到如下的場面：

1. 波點宣布判決，同意夏洛依約取安東尼的肉。
2. 在波點凝視之下，夏洛持刀向前，但是緊握著尖刀的雙手，卻停留在安東尼胸口前，發抖不已，似乎無法下手。這時候，波點一直冷眼旁觀，沒有採取任何行動。
3. 夏洛退後，然後磨刀霍霍、重振旗鼓，準備衝上前去。慢鏡頭的特寫顯示波點眨了一眼，似乎是不忍卒睹。就在千鈞一髮之際，波點大呼：「且慢，還有別的話要說。」
4. 波點隨即拿起桌上的法典，迅速找到相關的解套條文。
5. 打贏官司的波點，絲毫沒有愉悅的表情，反而十分沮喪。

6.當瓜添諾送來她給巴薩紐的定情戒指時，波點幾乎不可置
　信，心情跌到谷底。

這種安排傳達的是什麼樣的信息？

第一，波點原本要她的新婚夫婿攜帶巨款來威尼斯，爲的
是設法救安東尼一命。她來法庭，是有備而來，知道透過法律
條文的解釋，可以爲安東尼脫罪。但是，她在法庭裡看到了安
東尼和巴薩紐流露的不只是眞情，更是眞愛，便改變了心意。
由於全場除了她以外，人人都預期安東尼必死無疑，她正好借
夏洛的刀殺安東尼，除去心頭大患。

第二，夏洛雖然口口聲聲要求依約行事，似乎迫不及待想
要幹掉安東尼；但是，眞正讓他殺人，尤其在眾目睽睽之下，
他還是有所猶豫。這一點當然是出乎眾人意料之外——包括波
點，甚至夏洛自己在內。夏洛因此也獲得些微正面的形象。

第三，波點看到夏洛尚存一點人性，她心中的慈悲心也被
喚醒了（她自己說過，「慈悲之心並非出於強迫………」等等）。
她當下決定還是要救安東尼。因此，當夏洛要做第二次攻擊的
時候，波點立即喊停。

第四，值得注意的是：喊停也還不保證安東尼就可以活命。
事實上，夏洛還有很多次機會可以取安東尼的性命，特別是因
爲波點接著三番數次譏諷夏洛：

　　——慢著。
　　要給這猶太人完全的公義；慢著，別急；
　　什麼也不給他，只能照罰則來。（313-15）

　　——因此你去準備割下那塊肉吧。（317）

　　——猶太人怎麼不動了？去拿你該拿的啊。（327）

　　——他已經當庭拒絕過這個。

　　就給他公義和他契約上寫的。（330-31）

　　——你什麼都不能拿，除了契約上寫的。

　　拿的風險由你自己承擔，猶太人。（335-36）

　　這期間，巴薩紐兩次要還錢給夏洛，都給波點攔了下來。波點的譏諷，固然可能討好庭上旁聽的基督徒（以及劇場裡的觀眾），卻也可能擦槍走火，刺激夏洛拚個兩敗俱傷。因此，還被捆綁在椅子上、袒開胸脯的威尼斯巨賈安東尼，隨時有可能送命。果眞如此，波點更是可以一舉兩得：既替基督徒復仇，又除去了自己心中的情敵。波點慢條斯理對付夏洛的同時，也是對安東尼的凌遲處分。Lowenstein 談到波點的詭計，認爲她「比夏洛更爲夏洛」（"out-Shylocking Shylock"）（1157）。Goddard更是對波點十分不滿，認爲她故意拖延，只是要製造一個「以她自己爲中心的戲劇性大勝利」（109）[17]。從以上看來，這些評語都還不足以形容波點的工於心計。

　　第五，安東尼終於獲救脫險，但，對波點而言，這個問題人物終究需要解決。因此才有後續的戒指風波。而Nunn極爲嚴肅的處理，更加證明戒指風波絕非無風起浪，並且也是波點和尼麗莎串通好的戲中戲——在這齣精彩的「馴夫記」裡，波點

　17　Nunn的電影對這一部分也有動人的處理。

甚至已經有放棄婚姻的打算[18]。

　　第六，也是最重要的，現在大家知道的真相不僅是波點以她的法學知識救了安東尼一命，更是她原本**不想**救安東尼，反而準備借刀殺人。明乎此，安東尼和巴薩紐都應該知道，他們的親密關係已經結束，別無其他選擇了。

　　Nunn導演這一幕戲沒有添加任何文字，卻找到了詮釋安東尼－巴薩紐－波點間三角關係的絕佳方法。筆者對安東尼那封書信的詮釋，是從字裡挖掘言外之意。Nunn的詮釋，則是在行間尋找弦外之音。「且慢，還有別的話要說」：那「一眨眼之間的決定」乃是本劇最重要的關鍵時刻之一。

寬恕的條件

　　前文提到這齣戲裡的契約與風險觀念。這和本戲的商業背景緊密相關。由契約另外更引申出條件的觀念。這裡我們不妨以安東尼寫給巴薩紐的信爲例：

　　　　親愛的巴薩紐，我的船全都失事了，我的債主們越來越兇狠，我的財產跌到谷底；我跟那猶太人的契約過

18　Nunn的電影裡，巴薩紐先爲自己沒有好好保管戒指而向波點下跪認罪，波點隨即承認自己與「律師」同寢，也爲自己的「不貞」向巴薩紐下跪。後來巴薩紐將戒指交還波點，請她重新爲他戴上——兩人的夫妻關係等於從頭開始。
　　當然，戒指風波也可以輕描淡寫的以喜劇方式處理，但是至少要讓安東尼知難而退，讓巴薩紐明白夫妻關係與朋友關係兩者之間的輕重。另請參見Radford導演的版本。

期了；**如果**依約償還，我勢必沒命，因此您我之間的
債務就此一筆勾消，**只要**我能在死之前見您一面。話
雖如此，您請自行斟酌；**假如**您的愛不敦促您來，就
別讓我這封信催逼。

（3.2.314-19）

信中「如果」那一句是契約行為的風險，前文已經提到，
在此表過不論。安東尼說「您我之間的債務就此一筆勾消，只
要我能在死之前見您一面」，則他與巴薩紐兩人之間的債務——
恐怕指的不只金錢，還包括感情——是否能夠一筆勾消，其實
是**有條件**的。另外一句，「假如您的愛不敦促您來，就別讓我
這封信催逼」，表面上是給予巴薩紐權衡斟酌的自由，實際上
更是逼問他的愛有多深。「您的愛」可以指「您對我的愛」或
是「您現在的愛人（波點）」。但無論所指為何，安東尼都是拿
自己跟波點相提並論，跟她爭寵。

仔細聆聽法庭裡的對白，可以察覺到各式各樣的「條件
說」；波點和安東尼對夏洛的「從輕發落」——也就是慈悲之
心，其實都帶有條件。最可笑的是公爵。波點說夏洛因為圖謀
威尼斯人的命，依法可以處死，除非公爵特赦。這時候公爵急
於向夏洛表現基督徒的襟懷，脫口說出：

為了讓你明白我們的精神不同，
我不等你哀求就饒了你的命。

（4.1.360-61）

　　但是，僅僅22行之後，安東尼開出了他的三個條件：第一，安東尼有權使用夏洛一半財產，等夏洛死後，「再移交給前不久才偷走／他女兒的那位紳士」；其次，夏洛必須「立刻成為基督教徒」；第三，夏洛「必須現在當庭簽署／約定，把他死後所有遺產贈與」女婿和女兒(4.1.372-82)。

　　這時候，公爵忙不迭的附和道：

　　　　他必須照辦，否則我就收回
　　　　先前在這裡宣布的特赦。

　　　　　　　　　　　　　　　　　　　　　　　　（4.1.383-84）

　　同意無條件原諒在先，添加條件於後，不知道公爵的誠信何在。有條件的寬恕不是真寬恕。提出這些條件的人似乎都忘了波點說過的：

　　　　慈悲之心並非出於強迫。
　　　　它像柔和的雨自天而降……

　　莎士比亞慣於透過各種技巧凸顯主題；本劇的條件式語句卻是一個有趣而罕見的例子。

三、文字技巧

　　一如莎士比亞其他作品，這齣極富戲劇性的《威尼斯商人》能夠引人入勝，文字技巧居功厥偉。莎士比亞慣用的文字遊戲，

葷素不拘，除了主角安東尼顯得比較拘謹之外，從巴薩紐到波
點到瓜添諾到尼麗莎，到巴薩紐的一幫朋友，以至於丑角葛寶
和藍四籮父子，都有很自由的發揮。第五場開場時，羅仁佐和
潔西可長達22行的「抒情競賽」，頗爲淒美；又因爲大量使用
合行（shared line，或稱分享詩行），呈現出夫妻既競又合的關係，
感覺格外甜蜜[19]。

　　夏洛雖是個猶太人，莎士比亞給他的台詞卻也相當動人。
他在戲裡只有352行台詞，比波點的574行少得太多（Crystal and
Crystal 89），並且在第五場完全消失，可是他卻留給觀眾最深刻
的身影，原因和他精彩的語言有關，尤其是他的「報復宣言」。
安東尼的友人薩拉瑞諾問他，如果安東尼還不了錢，「我想你
也不至於要他的肉吧。他的肉有什麼用呢？」夏洛回答說：

> 用來釣魚啊；就算不能用來餵別的，也可以餵餵我的
> 仇恨。他曾經羞辱我，擋下了我的財路不知有多少，
> 嘲笑我的損失，譏諷我的獲利，鄙視我的民族，阻撓
> 我的生意，離間我的朋友，激怒我的敵人——而他的
> 理由是什麼呢？我是個猶太人。猶太人就沒有眼睛
> 嗎？猶太人就沒有雙手、沒有五臟、沒有身體、沒有
> 感覺、沒有慾念、沒有情感嗎？不是跟基督徒吃同樣
> 的食物，被同樣的武器傷害，爲同樣的病痛所苦，用
> 同樣的方式治療，受同樣的冬夏寒熱嗎？你們刺傷我

19　參見本書譯文頁135-37，注1-8。

們，我們難道不會流血？你們搔我們的癢，我們難道
不會笑？你們毒害我們，我們難道不會死？那你們對
不起我們，我們難道不會報復？假如我們在別的方面
跟你們一樣，我們在那一方面也是一樣。假如是猶太
人對不起基督徒，基督徒會如何謙卑？報復。假如是
基督徒對不起猶太人，按照基督徒的榜樣，猶太人該
如何容忍？當然是報復囉！你們教給我的惡行，我會
依樣畫葫蘆，而且一定青出於藍而勝於藍。

（3.1.40-57）

身爲外地人，夏洛的語言層次或許比不上安東尼這些威尼斯上
流社會人士；但是他能使用的修辭——主要是排比（parallelism）、
設問（rhetorical question）和譬喻——他都用上了。他的句子直接
了當、簡短有力。他用了商業界最熟悉的辭彙來宣洩他久積的
鬱卒和怨恨；他描述身體器官的感覺，藉此申訴自己所受到的
種族與宗教歧視，人人可以感同身受。他的話足以打動人心。

　　Gerald Hammond在一篇題爲 *The Merchant of Venice* and the
Jewish Question" 的論文裡指出夏洛語言的一大特色乃是好用問
句。他只在戲中五個場景出現，台詞裡就用了40-50個問句[20]；
相較之下，他的對手安東尼出現在六個場景裡，卻只有10句台
詞是問句（4）。Hammond 同時指出，發問者通常是站在掌握權
力的地位，這正好說明夏洛的債主身分。此外，「夏洛在劇中

20　Hammond説明，根據John Russell Brown編的Arden版，有40個問號；
　　根據Nicholas Rowe 和 Pooler的版本，數目增加到50（4）。

的發問，並不是每一個都需要答案：其中許多屬於修辭學上的設問。然而，他的問題凸顯了他的與眾不同。這些問題是他使用語言的最明顯特色，令人難忘」（5）。

在無韻體詩的部分，波點最是快嘴利舌、能言善道。前文已經引用了她在法庭上所說的一些台詞，包括那段「慈悲之心」演講。現在再舉另外幾個例子。當她所屬意的巴薩紐成功地選擇了鉛匣，即將成為她的夫婿，要求她「認證、簽署、批准」（都是商業用語），「家大業大」（這是巴薩紐對她的第一個介紹詞）的波點如此回應：

> 您看我，巴薩紐大人，站在這裡，
> 這就是我。雖然為我個人著想，
> 我不會野心勃勃的許願
> 希望自己好上加好，可是為了您
> 我願自己好上二十乘三倍，
> 有一千倍的美麗，一萬倍的
> 財富，好叫我在您的評價上，
> 無論品德、美貌、財產、朋友
> 都超出估算。然而我的總值
> 只是我這個人而已：說來只是個
> 沒見過世面的女子，沒學識，沒經驗。
> 可慶幸的是，她的年紀不算太大，
> 還可以學習；更可慶幸的是，
> 她天資不算駑鈍，還能夠學習；

最可慶幸的是，她脾氣溫柔，
願意交託給您親自指點，
當她的主人、長官、國王。
我自己，和我的一切，現在都
變成您的。前一分鐘我還是
這美麗宅邸的主人、僕人的東家、
自己的女王；而現在，這一刻，
這房子、這些僕人、還有我自己
都屬於您，我的主人。……

（3.2.149-71）

談到自己的財富，她的客氣其實帶著有家大業大繼承人的驕傲；談到自己的資質，她的自信、得意之中又摻有幾分謙遜。她的結語十分溫婉順服。整體而言，這位自謙「沒見過世面的女子，沒學識，沒經驗」，但在談吐之間合宜地展現了她的教養與身分。

　　訴訟結束之後，回到貝兒芒，新婚夫妻為了戒指的事情起了勃谿。做丈夫的誠心解釋：

假如您知道我是給了誰那戒指，
假如您知道我是為了誰給那戒指，
而且願意了解我是為什麼給那戒指，
而且我是多麼捨不得給那戒指——
那時他什麼都不接受，只要那戒指——

那您就不會發這麼大的脾氣了。

原文是：

If you did know to whom I gave the ring,

If you did know for whom I gave the ring,

And would conceive for what I gave the ring,

And how unwillingly I left the ring,

When naught would be accepted but the ring,

You would abate the strength of your displeasure.

（5.1.192-97）

巴薩紐這裡用了修辭學的重複法，包括anaphora（首語重複法：行首或句首使用相同的字、詞）和epistrophe（句尾重複法：行尾或句尾使用相同的字、詞）。

波點絲毫不假辭色，立刻用同樣的修辭法頂了回去，使巴薩紐無力招架（參見Halio注）：

假如您知道那是多麼寶貴的戒指，

或是身價多高的人給了您那戒指，

或是您該以自己榮譽保住那戒指，

您就不會平白的送掉那戒指。

原文是：

If you had known the virtue of the ring,

Or half her worthiness that gave the ring,

Or your own honor to contain the ring,

You would not then have parted with the ring.

　　　　　　　　　　　　　　　　（5.1.198-201）

句尾重複法正因為出現在句尾，尤其顯得有力。在原文裡，兩人的十行台詞，有九行以「戒指」（ring)結尾，可見戒指的重要性。

　　細聽巴薩紐那段話，只有一行（「我是多麼捨不得給那戒指」）算是間接地指向了波點。波點的反擊則把重點拉回到她自己。最後結局似乎皆大歡喜，但莎士比亞還要再次提醒觀眾戒指的重要；這齣戲的最後一句是瓜添諾的對偶句：

well, while I live I'll fear no other thing

So sore as keeping safe Nerissa's ring.

我啊，這輩子不怕擔風險，

怕只怕保不住尼麗莎那一圈。

　　　　　　　　　　　　　　　　（5.1.305-6）

　　當然，這個ring從丑角瓜添諾口裡說出來，是個語意雙關的葷笑話（見本書譯文頁152，注37）。

此外，莎士比亞巧妙運用英文you/thou的社會語言學意義，精準描寫了基督徒和猶太人夏洛之間的尊卑關係(詳見Perng "Taming"，中文版見本書附錄二)。另外，劇中一再出現「猶太人」的說法，明顯表現種族區分的意涵[21]。特別是在法庭那一場戲裡，夏洛只有6次被稱爲「夏洛」，倒有22次被稱爲「猶太人」(Crystal and Crystal 12)，莎士比亞藉著語言的操弄，表現了某一時代威尼斯(或是英國)的種族歧視。

四、中文譯本

根據筆者手頭的資料，《威尼斯商人》最早的中文譯本是曾廣勛所作，出版於1924年；其次是顧仲彝的翻譯，出版於1930年。另有陳治策譯爲《喬裝的女律師》(1954年)。這三本筆者都無緣親睹。

臺灣常見的是梁實秋以及朱生豪的譯本。兩位都用散文翻譯莎士比亞的無韻體詩(blank verse)。梁譯早在1948年由上海商務書局出版；1958年收入協志工業叢書，在臺北出版；後再由臺北遠東書局出版，收入梁氏的《莎士比亞全集》(1967年)。1991年收入《莎士比亞叢書》迄今。

朱生豪的譯本先是收在他翻譯的《莎士比亞全集》，於1947年在上海世界書局出版；後來收入臺北世界書局出版的朱生豪、虞爾昌合譯的《莎士比亞全集》(1966年)。此後收入臺北

21　在 *The Norton Shakespeare* 裡，Maus爲本劇寫的序論是這樣開始的："*Jew. Jew. Jew.* The word echoes through *The Merchant of Venice*"(1081)。

河洛(1980年)及國家書局(1981年)引進的中譯定本《莎士比亞全集》。

　　2000年，臺北貓頭鷹出版社引進了方平等人同年在大陸出版的《新莎士比亞全集》，收入方平翻譯的《威尼斯商人》。這是根據他自己早在1954年出版的底本校改的。方平的譯本以詩譯詩[22]。

五、網路資源

　　越來越多的資源可以從網際網路上獲得。以下介紹跟莎士比亞相關的若干免付費而有用的網站，供讀者參考，作爲結束。http://www.chsbs.cmich.edu/Kristen_McDermott/ssacmu/ssacmu_

links.html（LINKS PAGE for Shakespeare Studies at CMU [Central Michigan University]，由 Professor Kristen McDermott 負責編輯）。

本網站推薦下列網站，並附簡介：

Mr. William Shakespeare and the Internet—your best first stop; an outstanding clearinghouse of Shakespeare sites with Prof. Terry Gray's expert comments on the world of Internet Shakespeare.

A Selected Guide to Shakespeare on the Internet by Hardy Cook and the editors of SHAKSPER—recently updated and annotated.

22　關於莎士比亞中文翻譯，請參閱拙作〈莎士比亞中文譯本概述：臺灣篇〉，收入拙著《細説莎士比亞》(287-327)。

SparkNote—an online study guide authored by Harvard grad students—very efficient and useful.

Bardweb.com—The Shakespeare Resource Center—not a lot of material, but what's here is well-written—also contains a page of play synopses and a good, brief bio of Shakespeare.

Shake Sphere—another good all-around site, authored by a non-academic but a serious Shakespeare scholar. Links to film versions of the plays.

Shakespeare Online:Your Ultimate Shakespeare Resource —although this site doesn't offer analysis of all the plays (more are being added), it's one of the best-written and most attractive study sites.

Internet Shakespeare: Home Page—Very attractive site with a terrific "Life and Times" section and a well-organized links page.

AllShakespeare.com—an excellent all-around site, with contributions by scholars, educators, and students and a really well-organized links page. HOWEVER, some of the material on this site is not accessible unless you purchase a "Pass."

www.shakespeare.org.uk [Shakespeare Birthplace Trust]

www.rsc.org.uk [Royal Shakespeare Company]

http://shakespeare.palomar.edu/default.htm（Mr. William Shakespeare and the Internet）

http://www.shakespeare-oxford.com/shaklink.htm （Shakespeare
　　Links on the Internet）
http://web.uvic.ca/shakespeare/ (Shakespeare: Internet Editions)
http://www.ualberta.ca/~sreimer/shakespr/glob-stl.htm (Shakespeare
　　Multimedia Research Project）
http://www.shakespeare.ch/index.htm

六、引用資料

I 參考版本

Bevington, David, ed. *The Complete Works of Shakespeare*. 4th ed.
　　New York: HarperCollins, 1992.

Brown, John Russel, ed. *The Merchant of Venice*. London: Methuen,
　　1961.

Halio, J. L., ed. *The Merchant of Venice*. The Oxford Shakespeare.
　　Oxford: Oxford UP, 1993.

Kaplan, M. Lindsay, ed. *The Merchant of Venice, Texts and Contexts*.
　　New York: Palgrave, 2002.(這本書的第一部分是劇本，用的
　　是 David Bevington 編注的版本。）

Mahood, M. M., ed. *The Merchant of Venice*. The New Cambridge
　　Shakespeare. Cambridge: Cambridge UP, 1987.

Martin, Randall, ed. *The Merchant of Vanice*. The Applause Shakespeare
　　Library. With Theater Commentary by Peter Lichtenfels. New
　　York:Applause Theatre Book Publishers, 2001.

Maus, Katharine Eisman, ed. "The Merchant of Venice." *The Norton Shakespeare*. Ed. Stephen Greenblatt. New York: W.W. Norton, 1997.

II. 引用書目

1.英文

Bloom, Harold. Shakespeare : The Invention of the Human. New York:Riverhead, 1998.

Brown, John Russel, trans. "Appendix I: Translation from the First Story of the Fourth Day of Ser Giovani, *Il Pecorone*." *The Merchant of Venice*. Ed. John Russel Brown. London: Methuen, 1961.

Bullough, Geeoffrey, ed. *Narrative and Dramatic Sources of Shakespeare*. I. 1957. Qtd. in Mahood 2.

Bulman, James C. *The Merchant of Venice*. Shakespeare in Performance. Manchester, UK: Manchester UP, 1990.

Cerasano, S. P., ed. *A Routledge Literary Sourcebook on William Shakespeare's* The Merchant of Venice. New York and London: Routledge, 2004.

Chrystal, David, and Ben Chrystal. *The Shakespeare Miscellany*. London: Penguin, 2005.

Cook, Judith. *Women in Shakespeare*. London: Virgin Books, 1990.

Goddard, Harold C. *The Meaning of Shakespeare, I*. Chicago: U of Chicago P, 1951.

Halio, J. L., "Introduction." *The Merchant of Venice.* Ed. J. L. Halio The Oxford Shakespeare. Oxford: Oxford UP, 1993.

Hammond, Gerald. *"The Merchant of Venice* and the Jewish Question." *NTU Studies in Language and Literature* 8 (December 1998): 1-21.

Holland, Peter. *"The Merchant of Venice* and the Value of Money." *Cahiers Élizabéthains: Late Medieval and Renaissance English Studies.* [Bulletin du Centre d'Études et de Recherches sur la Renaissance Anglaise de l'Université Paul-Valéry, Montpellier III] 60 (October 2001): 13-30.

Leggatt, Alexander. *Shakespeare's Comedy of Love.* London and New York: Methuen, 1974.

Lichtenfels, Peter."Theatre Commentary." *The Merchant of Venice.* Ed. Martin Randall. New York: Applause Theatre Book Publishers, 2001.

"Links Page for Shakespeare Studies at CMU." 2006. <http://www. chsbs.cmich.edu/ Kristen_McDermott/ssacmu/ssacmu_links.html>.

Lowenstein, Daniel H. "The Failure of the Act: Conceptions of Law in *The Merchant of Venice, Bleak House, Les Miserables,* and Reichard Weisberg's *Poethics.*" *Cardozo Law Review* 15: 4 (January 1994): 1130-1243.

Mahood, M. M., "Introduction." *The Merchant of Venice.* Ed M. M. Mahood. *The New Cambridge Shakespeare.* Cambridge: Cambridge UP, 1987.

Martin,Randall,ed. *The Merchant of Venice*. The Applause Shakes–
    peare Library. With Theater Commentary by Peter Lichtenfels
    .New York: Applause Theatre Book Publishers, 2001.

Maus, Katharine Eisman.["Introduction."]."The Merchant of
    Venice" *The Norton Shakespeare*. Ed. Stephen Greenblatt. New
    York: W. W. Norton,1997.

Muir, Kenneth. *The Sources of Shakespeare's Plays*. New Haven:
    Yale UP, 1978.

Nunn, Trevor, dir. *The Merchant of Venice*. Royal National Theater
    Production. DVD. Chatsworth, California: Image Entertainment,
    2001.

Perng, Ching-Hsi. "The Letter as Intertext: An Explication of
    Antonio's Letter to Bassanio in The Merchant of Venice."
    Shakespeare and Intertextuality: The Transition of Cultures
    between Italy and England in the Early Modern Period. Ed.
    Michele Marrapodi. Roma: Bulzoni Editore, 2000. 271-80.

——."The Taming of the Jew: Second-person Pronouns of Address
    in *The Merchant of Venice*." *NTU Studies in Language and
    Literature* 9 (2000): 21-35.

Radford, Michael, dir. *The Merchant of Venice*. Sony Pictures
    Classics: 2004.

Shapiro, James. *Shakespeare and the Jews*. New York: Columbia UP,
    1996.

2.中文

林璄南，〈「基督徒男性佔上風」？——《威尼斯商人》中的
　　宗教族裔衝突與性別政治〉。《中外文學》，33：5(2004
　　年10月)：17-43。

威廉・莎士比亞著，《威尼斯商人》；方平譯。臺北：木馬文
　　化，2001。

張靜二，〈《威尼斯商人》的彩匣情節〉。《發現莎士比亞：
　　臺灣莎學論述選集》。彭鏡禧主編。臺北：貓頭鷹出版社，
　　2000。106-20。

張麗卿，〈莎士比亞「威尼斯商人」——借債割肉「得被害人
　　承諾乎？」〉，《法學講座》，25(2004年1月)：90-99。

彭鏡禧，《細說莎士比亞：論文集》。臺北：臺灣大學出版中
　　心，2004。

顏元叔，《莎士比亞通論：喜劇》。臺北：書林(總經銷)，2000。

目　次

威尼斯商人

威尼斯商人

劇中人物

威尼斯公爵（The Duke of Venice）

摩洛哥王子（The Princc of Moroco）　波點求婚者之一

阿拉剛王子（The Prince of Arragon）　波點求婚者之一

巴薩紐（Bassanio）　義大利貴族，波點求婚者之一

安東尼（Antonio）　威尼斯一商人

索拉紐（Solanio）　威尼斯仕紳，巴薩紐同伴

撒拉瑞諾（Salarino）　威尼斯仕紳，巴薩紐同伴

瓜添諾（Gratiano）　威尼斯仕紳，巴薩紐同伴

羅仁佐（Lorenzo）　威尼斯仕紳，巴薩紐同伴

夏洛（Shylock）　猶太富翁，潔西可的父親

杜保（Tubal）　猶太人，夏洛的朋友

波點（Portia）　富有的義大利貴婦

尼麗莎（Nerissa）　波點的女伴

潔西可（Jessica）　夏洛的女兒

葛寶（Gobbo）　藍四籮的老爸

藍四籮・葛寶（Lancelot Gobbo）　丑角

史提凡（Stephano）　信差

獄卒（Jailer）

撒雷瑞歐（Salerio）　來自威尼斯的信差

雷納篤（Leonardo）　巴薩紐的僕人

包沙則（Balthazar）　波點的家僕

僕人（Servingman）　波點的家僕

信差（Messenger）　波點的家僕

（安東尼所雇）僕人（A Servingman）

威尼斯的顯要（Magnificoes of Venice）

法庭職員若干（Court Officials）

第一場

【第一景】

安東尼、撒拉瑞諾、索拉紐上。

安東尼　眞不知道我爲什麼這麼憂鬱[1]。
　　　　攪得我疲憊，你們說攪得你們疲憊。
　　　　但這因何而起、而來、而得，
　　　　是什麼樣的材料，什麼樣的緣故，
　　　　我還得請教[2]。
　　　　憂鬱害我變成了大傻瓜，
　　　　連我自己是誰都弄不清楚了。

5

1　憂鬱：原文sad = melancholy, morose(Halio注)。安東尼爲何憂鬱，
　　自己無法解釋，也不同意朋友的解釋；或許因爲摯友巴薩紐即將離
　　開他去追求波點(參見Brown注)。
2　原文這一行比每行十音步節、五重音的正規無韻詩少了六個音節；
　　安東尼爲何詞窮？或者他在嘆息、思考(參見Mahood, Martin, 以及
　　Cerasano注)。

撒拉瑞諾　您的心在汪洋裡翻來覆去，
　　　　　您的商船高高地揚著帆，
　　　　　像達官貴人在大水之上，　　　　　　　　　10
　　　　　又像海洋中的遊行花車，
　　　　　睥睨著渺小的往來旅客，
　　　　　他們向您的船隻鞠躬致敬，
　　　　　猶如向著展開大翅的飛鳥。

索拉紐　　我說呢，大爺，若有您這般風險，　　　　　15
　　　　　我的心思會有一大半
　　　　　惦記著海外的投資。我會不斷
　　　　　拔草拋向空中，好了解風向；
　　　　　端詳地圖裡的海港、碼頭、道路；
　　　　　任何事物，只要會使我擔心　　　　　　　　20
　　　　　投資可能不順利，必然都
　　　　　會使我憂鬱。

撒拉瑞諾　　　　　　　　　我對熱湯吹的氣
　　　　　都會害我打擺子，只要一想到
　　　　　海上風大，會造成什麼災害；
　　　　　只要一看到沙漏漏個不停，　　　　　　　　25
　　　　　我就會想到淺灘和沙洲，
　　　　　看到我滿載的安珠號擱淺 [3]。
　　　　　她高高的中桅落到肋骨架下方，

3　　安珠號：Andrew 是西班牙一艘巨型帆船的名字，該船於1596年爲英
　　國擄獲（見各家注）。這裡可能是用它的名字來代表大船。

作安葬的吻別。我上教堂
看見用石頭建築的聖殿，   30
豈不會立刻想到危險的巨石，
只消碰一下我纖細的船腹，
就會把滿載的香料倒進水裡，
讓咆哮的怒濤披上綾羅綢緞，
因此（長話短說）前一刻還那麼貴重，   35
下一秒就一文不值？難道我有腦筋
考慮到這一切，卻沒有腦筋想到
萬一發生這種事情，會使我憂鬱？
且不勞您說了：我知道安東尼
憂鬱，是因為想到他的貨物。   40

安東尼　　說實在的，不是這樣。謝天謝地，
　　　　　我的投資並非都擺在一艘船裡，
　　　　　也不全在一處；也沒把所有財富
　　　　　寄託於今年的運氣好壞：
　　　　　因此我的貨物並沒有使我憂鬱。   45

索拉紐　　這麼說來，您是在談戀愛囉。

安東尼　　　　　　　　　　　　　咄，胡說！

索拉紐　　也沒談戀愛？那只好說您憂鬱，
　　　　　因為您不開心；道理很簡單，好比說
　　　　　您又笑又跳，說您很開心，

因為您不憂鬱。憑那哭笑雙面神[4]， 　　　　50
我敢說造化打造了怪胎：
有些人老把眼睛瞇成一條縫，
見那吹風笛的竟笑得像鸚鵡[5]；
有些人一臉酸成醋罈子，
硬是不肯露出牙齒微笑， 　　　　55
雖然鐵面的老爺都笑彎了腰[6]；

　　　　　　巴薩紐、羅仁佐、瓜添諾上。

瞧，巴薩紐來了，您最尊貴的鄉親[7]，
還有瓜添諾跟羅仁佐。再會吧；
咱們讓更上等的人物給您做陪。

撒拉瑞諾 我倒是願意陪著等您開心為止， 　　　　60
可是您已經有更高級的朋友了。

安東尼 您的等級在我眼裡已經夠高了。
想必是你們自己有事情要處理，
便藉著這個機會離開。

撒拉瑞諾 早安，各位好大爺。 　　　　65

巴薩紐 兩位先生，咱們幾時樂一樂？敲個時間吧。
你們最近太見外了：非要這樣嗎？

4　哭笑雙面神：Janus是羅馬的門神。有兩張臉，一嘻笑、一愁眉。

5　風笛代表哀傷的音樂；鸚鵡則是愚蠢的象徵（參見各家注）。

6　鐵面的老爺：原文Nestor，是荷馬史詩中嚴肅而有威儀的老者。

7　鄉親：原文kinsman可以指親戚，但巴薩紐和安東尼有何親戚關係，
　　劇中並沒有進一步說明；比較可能是泛泛的同鄉關係（kinsman = of
　　the same ethnic group）。

撒拉瑞諾　我們會配合您方便的時間。

　　　　　　　　　撒拉瑞諾和索拉紐下。

羅仁佐　巴大爺，既然您已經找到安東尼，

　　　　我們兩個就失陪了，不過吃飯時刻　　　　　　70

　　　　請千萬記得我們約定的地方。

巴薩紐　我絕對不會失約。

瓜添諾　您的氣色不好，安東尼先生。

　　　　您對這個世界憂慮太多了：

　　　　憂心忡忡，如何享受人生？　　　　　　　　　75

　　　　說真的，您的確變了很多。

安東尼　世界對我只是個世界，瓜添諾：

　　　　是個舞台，人人都要扮演個角色[8]，

　　　　而我扮演苦角。

瓜添諾　　　　　　我來演丑角[9]。

　　　　讓快樂歡笑帶來滿面的皺紋。　　　　　　　80

　　　　寧可叫我的肝因喝酒而火熱[10]，

8　莎士比亞的環球劇場（Globe Theatre）誌有拉丁文銘言曰：Totus
　　mundus agit historionem（All the world's a stage），亦即「世界是個劇
　　場」。這是伊利莎白女王時代的老生常談（見各家注），但這觀念並
　　不限於西洋；參見清康熙帝為戲台題對聯：「堯舜旦、文武末，莽
　　操丑淨，古今來許多角色；日月燈、江海油，風雷鼓板，天地間一
　　番戲場。」

9　瓜添諾的名字Gratiano在義大利文裡意為「戲劇裡的笨蛋、傻瓜」
　　（Mahood注）。

10　據說肝臟掌情慾，飲酒可以挑旺情慾（參見各家注）。

也不叫我的心因嘆息而冷卻[11]。
一個體內血液還是溫熱的人，
幹嘛發傻像老祖宗墓碑上的石雕？
白日做夢？因爲脾氣焦躁，　　　　　　　　　85
慢慢染上黃疸病[12]？告訴你吧，安東尼——
我愛你，因爲愛你才這麼說——
世上有一種人，他們的面貌
好像一潭死水，被水藻遮掩，
偏偏擺出安靜的模樣，　　　　　　　　　　90
爲的是披掛上美好的名聲，
讓人誇他聰明、老成、有深度，
好像在自詡「吾乃聖賢也，
只要我開口，連狗都不許叫！」
我的安東尼啊，我認識一些這種　　　　　　95
只因爲沉默不語，就被視爲
智者的人；我敢擔保，他們
一開口，會害聽的人遭受天譴，因爲
他們聽了會大罵自家弟兄是笨蛋[13]。
我下次再跟您細細談這件事。　　　　　　　100
不過，別用這憂鬱的魚餌，

11　據說嘆息會使心臟失血而令人減壽（參見各家注）。
12　一直到19世紀，還以爲黃疸是因爲精神狀態影響而起的（Mahood
　　注）。
13　《聖經・馬太福音》5：22：「凡罵弟兄是魔利（笨蛋），難免地獄
　　的火。」（參見各家注）

來沽這種名，釣這種譽。
走吧，羅仁佐。暫別兩位；
用過飯後我再把勸告說完。

羅仁佐 好了，我們先走，吃飯時候見。 105
我只好當貌似聰明的笨瓜，
因爲瓜添諾從不讓我說話。

瓜添諾 呵，只消再跟我混上兩年，
你會連自己的母語都不懂了。

安東尼 再會；這麼說來我得多講話才行了。 110

瓜添諾 謝了，眞的，因爲委靡不振只適合
乾癟的牛舌[14]和賣不掉的女人。

　　　　　　　　　　瓜添諾和羅仁佐同下。

安東尼 這是怎麼回事啊？

巴薩紐 瓜添諾廢話之多，全威尼斯沒有人比得上。他要
講的東西是藏在兩石糠裡的兩粒麥子：得花上一 115
整天才找得到；等找到了，又覺得白費了工夫。

安東尼 好吧，現在告訴我哪一位千金
是你答應要在今天跟我說
你打算悄悄去朝拜的。

巴薩紐 您不是不知道，安東尼[15]， 120
我浪費了多少的家產，

14　乾癟的牛舌：牛舌乾本是一道美味，在此可能暗示陽痿的老人（參見
　　Mahood及Halio注）。
15　Lichtenfels指出，巴薩紐並沒有直接回答安東尼的問題。

只為擺出闊氣的排場，
超出我有限的能力。
如今我並不抱怨無法
過奢侈的生活；怕只怕　　　　　　　　125
債務龐大無法全身而退，
因為我從前揮霍過度，
以致負債累累。對您，安東尼，
我虧欠最多的金錢和感情，
而由於您的愛，我才敢大膽　　　　　130
吐露我的計畫和目的，
如何清償我的所有債務。

安東尼　拜託，好巴薩紐，就直說吧，
只要不失體面信用，就如你
向來的作為，那你儘管放心，　　　　135
我的荷包、我的人、我的一切
都可以打開供應你的需求。

巴薩紐　我在學生時代，要是射丟了一枝箭，
就再射一枝大小、重量、力道相同的，
到同樣位置，更仔細地觀察落點，　　140
以尋找另外一枝；冒了兩次險之後
往往兩枝都找到。我提這童年舊事，
是因為下面要講的實在太天真。
我欠您太多，而由於我年輕任性，
所借的都虧損光了；但是如果您肯　　145

再射另一枝箭到您射第一枝箭

的同一個方向，我敢保證，

我會注意目標，若沒把兩枝都找回來，

至少會帶回您這次所冒的風險，

懷著感恩，繼續虧欠您的上一次[16]。　　　　　150

安東尼　　你很了解我，何必浪費時間

拐彎抹角利用我對你的感情；

你這樣懷疑我會盡力幫忙，

對我太不夠意思，更甚於

糟蹋掉我所有的財產。　　　　　　　　　155

所以，只要你認爲我做得到，

儘管告訴我該怎麼做，

我自然會去做：你就說吧。

巴薩紐　　在貝兒芒有位小姐家大業大，

人也長得美，而且——更美的是——　　　160

品德極爲高尚。曾經，從她的眼中

我感受到她的含情脈脈。

她名叫波點，比起古羅馬時代

卜如德的波點，毫不遜色[17]。

這大千世界也都知道她的身價；　　　　165

16　Lichtenfels指出，巴薩紐像是背誦一段演練過的台詞。

17　古羅馬護民官卡托（Cato Uticensis）也有女名波點（Portia），後嫁卜如
　　德（Brutus），以德行著稱。參見莎士比亞另一劇本《凱撒大將》（*Julius
　　Caesar*）（參見各家注）。

風從四面八方的海岸吹來
顯赫的求婚者。她陽光般的髮絲
懸在太陽穴上，有如金色的羊毛，
貝兒芒因此成了科吉斯海岸，
多少個傑生都來追求她[18]。　　　　　　　　170
啊我的安東尼，我只要有
一席之地，與他們平起平坐，
我敢說，一定會大有斬獲，
毫無疑問，我的運氣會很好。

安東尼　你知道我的財產都在海上；　　　　　175
　　　　既無現款也無現貨
　　　　可以立刻調到頭寸；因此，你去吧，
　　　　靠著我在威尼斯的信用，
　　　　看看最多能夠擠出多少，
　　　　供你到貝兒芒尋訪美麗的波點。　　　180
　　　　馬上就去打聽，我自己也會
　　　　看哪裡有錢，且不管他
　　　　是靠交情，還是憑抵押。

　　　　　　　　　　　　　　　　　兩人下。

18　科吉斯(Colchis)面臨黑海，傳說產金羊毛。希臘神話中，傑生(Jason)
　　率勇士，歷經種種險阻，偷得金羊毛而回。

【第二景】

波點和她的侍女尼麗莎上。

波點　　說眞的，尼麗莎，我這嬌小的身軀已經厭煩了這
　　　　龐大的世界[1]。

尼麗莎　那當然，可愛的小姐，假如您的苦難多得像您的
　　　　財富；不過，就我看哪，吃得太撐跟餓得發慌，
　　　　都是病態。所以啊，能夠坐在中間就算是相當幸　　5
　　　　福了——錢財過剩早白頭，家道中庸人長壽。

波點　　金玉良言，說得好。

尼麗莎　要能照著去做就更好了。

波點　　要是做的跟說的一樣容易，禮拜堂早成了大教會
　　　　，茅草屋也成了金鑾殿。好牧師才能言行一致；　　10
　　　　要我教導20個人容易，要我跟他們一樣奉行我自
　　　　己的教導反而困難。頭腦爲肉身制定律法，可是
　　　　火熱的性子哪顧得冷酷的條文——狂熱的青年是
　　　　那兔子，一跳跳過忠言那瘸子的網羅。不過，這
　　　　番道理也不能幫我挑選到老公。哎呀，說到「挑　　15

1　厭煩：原文用的字是aweary。Mahood認爲「波點的憂鬱和安東尼的
　　憂鬱相稱，因此把威尼斯和貝兒芒聯繫起來」，但是Halio指出，波
　　點的weariness來自ennui（百無聊賴，倦怠）其實不同於安東尼的憂
　　鬱。

選」！我既不能選擇我喜歡的，也不能拒絕我不喜歡的：活生生一個女孩兒的意志就這樣給死翹翹父親的遺囑抑制了 [2]。我這還不痛苦嗎，尼麗莎：既不能選擇，又不能拒絕？

尼麗莎 令尊一向品德高尚；有德之士臨終之前會得到神 20
靈啓示。因此他所設計用這金、銀、鉛三個匣子作的籤，誰要是選中他的意思也就選中您；您無法眞心相愛的人，當然絕對不會正確抽中。不過，我倒要問，您對已經來的這幾位高貴的求婚者，可有什麼好感？ 25

波點 就請一一唱名。你一面唱名，我一面描述——根據我的描述，你猜猜我的心意。

尼麗莎 頭一個是尼阿波里的王子 [3]。

波點 哎，他眞是一匹野馬，因爲說來說去都是他的馬經；他還洋洋得意，說是自己會替馬釘蹄鐵。我 30
只怕他的母親大人跟鐵匠有過一腿。

尼麗莎 然後是巴拉坦伯爵。

波點 他一天到晚只是皺著眉，好像是說：「您要不要

---

2 這句話的原文 "… so is the will of a living daughter curbed by the will of a dead father" 裡，頭一個 will 包含「希望」（wish）和「性慾」（sexual longing）兩層意思，譯爲「意志」；第二個 will 包含「強制」（imposed control）和「遺囑」（testament）兩層意思，譯爲「抑制」（據Mahood注）。另參見其他各家注。

3 波點的求婚者代表各國刻板人物。尼阿波里（Neapole）在義大利南部，以馬術馳名（Mahood注）。

我，隨便。」聽到有趣的故事也不會笑；年紀輕
輕就憂愁得這麼不像樣，只怕他老了會變成一個　35
哭面哲學家。我情願嫁給嘴裡含著骨頭的死人頭
顱也不嫁給他們兩個。上帝啊，別讓我落到這兩
人手裡！

尼麗莎　　您覺得那位法國爵爺，勒邦先生，如何？

波黚　　　他既然是神所造的，就算他是個人吧[4]。老實說，　40
我知道取笑別人是罪過，可是他呀！——哎，他
有一匹馬，勝過那尼阿波里人，皺眉頭的壞習慣
勝過巴拉坦伯爵：他樣樣像別人，卻不像個人。
一聽到畫眉鳥叫，就手舞足蹈；還會跟自己的影
子鬥劍比劃。我若嫁給了他，等於嫁了20個丈夫　45
。他若看不上我，我會原諒他；因為就算是他愛
我愛得發狂，我也絕不會回報。

尼麗莎　　您覺得福肯貝，那位年輕的英國貴族，如何呢？

波黚　　　你們知道我跟他沒話可說，因為他聽不懂我的
話，我也不懂他的：他不通拉丁文、法文、義大　50
利文，而你們可以作證，我的英文很破。他人長
得似乎十分體面，可是啊，誰能跟啞劇溝通呢？
他的穿著多奇怪呀！我看他的緊身上衣是義大
利貨，襯墊的馬褲是法國貨，頭戴的軟帽是德國
貨，他的行為舉止則是來自世界各地。　　　　　55

4　《聖經・創世紀》1：27：「神就照著自己的形像造人，乃是照著他
　的形像造男造女。」

尼麗莎　　您覺得他的鄰居，那位蘇格蘭貴族呢？

波點　　　他倒是蠻體恤鄰居的，因為那英國人賞了他一個
　　　　　耳光，他發誓將來有能力的時候一定回報。我想
　　　　　那法國人還當了保證人，也挨了一記耳光，當作
　　　　　戳記。　　　　　　　　　　　　　　　　　　　60

尼麗莎　　您看那年輕的德國人，薩松尼公爵的侄兒呢？

波點　　　他在早上清醒的時候很低級，下午喝醉的時候更
　　　　　惡劣。他好起來，比人還差一些，壞起來，只比
　　　　　禽獸好一些。要是最最不幸的事情發生了，但願
　　　　　我還有辦法甩掉他。　　　　　　　　　　　　　65

尼麗莎　　假如他要求選擇，又選對了匣子，那時您若拒絕
　　　　　接受他，就是拒絕執行令尊的遺囑。

波點　　　所以呀，為防萬一，請你在錯誤的匣子前面擺上
　　　　　一大杯萊茵河出產的葡萄酒；因為，就算裡面裝
　　　　　的是魔鬼，只要外面有那誘惑，他還是會去選的　70
　　　　　。尼麗莎，要我做什麼都可以，可別叫我嫁給一
　　　　　塊海綿。

尼麗莎　　小姐，您不用擔心會嫁給他們這些位大人。他們
　　　　　已經把決定告訴了我，那的的確確就是，要打道
　　　　　回府，不再來求婚煩您，除非是可以用別的方式　75
　　　　　贏得您的芳心，而不是照您父親的規定，取決於
　　　　　匣子。

波點　　　我就算活到一千歲，也情願守貞不嫁，除非是照
　　　　　著我父親的方式被人選中。真高興這一堆求婚的

　　　　　人十分講理，因爲其中沒有一個不是我希望立即　　80
　　　　　蒸發的；我祈禱上帝，讓他們一路順風。

尼麗莎　您還記得嗎，小姐，令尊在世的時候，有個威尼
　　　　　斯人，文武雙全，陪同蒙飛拉侯爵來過這裡？

波黙　　記得，記得，叫做巴薩紐！——好像人家是這樣
　　　　　叫他的 [5]。　　　　　　　　　　　　　　　　　　85

尼麗莎　沒錯，小姐；在我這雙愚昧的眼睛見過的所有男
　　　　　人裡面，他，最配贏得美人的芳心。

波黙　　我記得很清楚，我記得他配得上你的讚美。

　　　　　　　　　　一僕人上。

　　　　　怎麼了，有什麼事？

僕人　　四位外國客人想見您 [6]，小姐，向您辭行；另外第　　90
　　　　　五位，是摩洛哥王子，派了人通報，說是他的主
　　　　　人今天晚上會到達此地。

波黙　　要是我對這第五位的歡迎，有如我對前面四位的歡
　　　　　送，那倒是很高興他來。要是他的人品像聖賢，容
　　　　　貌如魔鬼，我情願他做我的神父，而不是丈夫。　　95
　　　　　來，尼麗莎；你在前面把路帶：
　　　　　才打發一個，又有一個來求愛。

　　　　　　　　　　　　　　　三人下。

5　「好像……」：波黙補上後面這句話，似乎是要遮掩自己前一句話
　　透露出的興奮——卻有些欲蓋彌彰。這也證實巴薩紐先前對安東尼
　　說的，他曾經「感受到[波黙]的含情脈脈」。這段話聯繫了威尼斯
　　和貝兒芒(參見Lichtenfels解說)。

6　前文提到要打退堂鼓的求婚者有六位。

【第三景】

巴薩紐和猶太人夏洛上[1]。

夏洛　　　三千塊金幣[2]，嗯。

巴薩紐　　是的，先生，借期三個月。

夏洛　　　借期三個月，嗯。

巴薩紐　　這筆錢，我跟您說過，由安東尼擔保。

夏洛　　　安東尼擔保，嗯。　　　　　　　　　　　　　　　5

巴薩紐　　您能幫這個忙嗎？您肯答應嗎？您回個話好嗎[3]？

夏洛　　　三千塊金幣，借期三個月，由安東尼擔保。

巴薩紐　　您看怎麼樣？

夏洛　　　安東尼這個人倒還好——

巴薩紐　　您可曾聽別人說過他的壞話？　　　　　　　　10

夏洛　　　呵不是，不是，不是，不是；我說他這個人還好，
　　　　　是要您了解，他來擔保本來也還可以。可是，他的
　　　　　財產都還是虛的：他有一艘商船開往特里波里，另
　　　　　外一艘開往印度方向；此外我在交易所聽說他有第

1　需款孔急的巴薩紐在這一景裡，對夏洛的稱呼，採用敬語「您」(you)
　　而非普通的「你」(thou)。參見〈緒論〉及附錄二。

2　金幣：ducat最先是1284年在義大利鑄造的金幣。根據學者估計，本
　　劇中的三千金幣約合今日27萬英鎊 (Holland 24-25)。

3　連續三個短問句，顯示巴薩紐的急切(參見Lichtenfels解說)。

三艘在墨西哥，第四艘往英國，還有其他投資分　15
散在海外各地[4]。但是，船總是木頭造的，水手
也不過是人；地上有土匪，海上有海賊，陸盜
海盜——都是強盜——而且還有大風大浪暗礁種
種的危險。這個人還算可以。三千塊金幣：我想
我可以接受這個借據。　　　　　　　　　　20

巴薩紐　　您儘管放心。

夏洛　　我當然需要放心；為了放心起見，我要考慮一
下——可以跟安東尼談談嗎？

巴薩紐　　如果您肯跟我們一起用餐——

夏洛　　是啊，去聞豬肉的味道，去吃被你們先知拿撒勒　25
人把鬼趕進去的畜生[5]。我可以跟你們買，跟你
們賣，跟你們談話，跟你們走路，這一切等等；
可是我不會跟你們吃飯[6]，跟你們喝酒，也不跟你
們祈禱。交易所有什麼消息？來的是哪一位啊？

　　　　　　　安東尼上。

巴薩紐　　這位是安東尼先生。　　　　　　　　　　30

夏洛　　(旁白)多麼像個奉承的稅吏，那德行[7]！

4　夏洛對仇人安東尼的財務狀況瞭如指掌。
5　拿撒勒人：指耶穌。《聖經‧馬太福音》8：28記載，耶穌曾經把附
　　在兩個瘋子身上的眾鬼趕到群豬的身體裡。猶太教徒至今不食豬
　　肉，也是根據《聖經》舊約的教導，例如《聖經‧申命記》14：8
　　就提到「豬，因為是分蹄卻不倒嚼，就與你們不潔淨。這些獸的肉
　　你們不可吃，死的也不可摸」。
6　但夏洛最後還是不情不願地赴巴薩紐的餐會了(見第二場第五景)。
7　奉承的稅吏：意指安東尼像稅吏一樣，平日巧取豪奪，現在為了討

我恨他，因爲他是個基督徒；
更因爲，他以謙卑的愚蠢
放貸不收利息，壓低了
威尼斯這裡的高利貸利率。   35
我只求抓住他的把柄一次，
要把這深仇好好報復。
他仇視我們神聖的民族，還在
生意人聚集最多的地方痛罵
我和我的買賣、還有我辛苦得來的，   40
說是利息。讓我的族人受到詛咒吧，
假如我原諒了他！

巴薩紐　　　　　　　　　　夏洛，您聽到沒有？

夏洛　　我正在計算我有多少現金[8]。
　　　照我的記憶，最接近的估計，
　　　我沒法立即籌措全部的   45
　　　三千塊金幣。那也沒關係，
　　　杜保，我們族裡富有的猶太人，
　　　可以提供。可是，慢著，您要
　　　幾個月啊？(向安東尼)您好啊，好先生！
　　　您的大名剛剛才在我們嘴裡呢。   50

安東尼　夏洛，雖然我的借款和貸款
　　　從來是一分錢不多給也不多拿，

(續)────────

好他而刻意巴結(參見各家注)。
8　夏洛其實是假裝沒有看見安東尼。

可是爲了幫我朋友救急，

我願意破例。（向巴薩紐）他已經知道

你需要多少了嗎？

夏洛　　　　　　　　　　　　是啊，是啊，三千塊金幣。　　55

安東尼　　借期三個月。

夏洛　　我倒忘了，三個月；（向巴薩紐）您跟我說過的。

那好，您的借據；我想想看——不過您聽著，

好像您說過，您不管借款或貸款

都不爲圖利。

安東尼　　　　　　　我是沒有圖利過。　　60

夏洛　　當年雅各替他叔父拉班放羊——

這個雅各（靠著他母親的安排）

成了我們聖祖亞伯拉罕的

第三代傳人；沒錯，他是第三代 [9]——

安東尼　　他怎麼了，他貸款放利嗎？　　65

夏洛　　沒有，沒有放利，沒有您所說的

直接拿利息。您聽雅各怎麼說：

當年拉班和他兩人講好，

出生的羊羔只要是有斑有紋的

都給雅各當作工錢。到了秋末　　70

母羊發情就會去找公羊，

9　雅各（Jacob）的父親是以撒（Issac），祖父是亞伯拉罕（Abraham）。雅
　　各的母親利百加（Rebecca）用計使自己兒子得到原屬於以掃（Isau）的
　　長子名份，事見《聖經・創世紀》27。

而正當這群毛茸茸的繁殖者
幹起傳宗接代工作的時候，
巧妙的牧人剝下樹枝的皮，
趁著牠們在幹那樁好事，　　　　　　　　　　75
把樹枝架在發春的母羊跟前，
母羊這時候受孕，到了分娩時
就會產下雜色的羊羔，那些全歸雅各。
這是一種生產之道，他也蒙福了；
發財是福，只要不偷不搶[10]。　　　　　　80

安東尼　　雅各這種工作，先生，有他的風險，
事情成敗與否，並不靠他的能力，
而是要靠天意才能成就。
講這段話是要證明放利合理嗎？
還是說，您的金子銀子是公羊母羊？　　85

夏洛　　這我不知道，但我讓它快快繁殖。
不過，先生聽我說——

安東尼　　　　　　　　您瞧瞧，巴薩紐，
為達到目的，魔鬼也能引用《聖經》。
邪惡的靈魂做出神聖的見證
就像惡棍面帶著笑容，　　　　　　　90

10　拉班(Laban)是雅各的舅父，也是他的丈人。雅各要離開拉班，自行
　　興家立業，拉班勸他留下，兩人談妥條件，就是夏洛在這裡講的。
　　後來雅各大富。事見《聖經·創世紀》30：25-43。這個故事根據的
　　說法是：母親受孕時看到的東西會和子嗣相似（參見Martin及
　　Cerasano注）。

好看的蘋果，裡面已經爛了。

啊虛偽的外表是多麼美好[11]！

夏洛　三千塊金幣，是個蠻好的整數。

借期三個月，那我來看看，利率——

安東尼　喂，夏洛，我們能不能仰仗您呢？　　　　　95

夏洛　安東尼先生，也不知多少次了，

您常常在交易所痛罵我，

怪我的錢財，怪我的高利貸。

我一向都是逆來順受，

因為容忍是我們族人的標記。　　　　　100

您管我叫異教徒、兇惡的狗，

把痰吐在我的猶太袍子上，

都只為我利用自己的財物。

好囉，現在您似乎需要我的幫助。

好啦，你們來找我，你們說，　　　　　105

「夏洛，我們想要錢」——你們說，

你們這些人，在我鬍子上吐痰，

還踹我，像趕走門口陌生的

狗崽子：你們來要錢。

我該怎麼回答呢？我豈不該說　　　　　110

「狗會有錢嗎？狗崽子哪裡

可能出借三千塊金幣呢？」還是說，

11　外表與實際（appearance and reality）的對照是莎士比亞作品裡常見的
　　主題，也顯示在下文的選匣子情節。

　　　　　我該卑躬屈膝，用奴僕的口吻，
　　　　　低聲下氣，謙恭有禮，
　　　　　這樣說：　　　　　　　　　　　　　　　115
　　　　　「好先生，您上星期三吐我口水，
　　　　　您某天某日趕我走，又有一次
　　　　　您罵我是狗：為以上種種的禮遇，
　　　　　我要借給您這許多錢。」

安東尼　　我還是會繼續這樣稱呼你，　　　　　120
　　　　　繼續向你吐口水，也會趕走你。
　　　　　假如你願意借這筆錢，就別當作
　　　　　借給你朋友；為不孕的金錢
　　　　　向朋友索取子息，算哪門子的友誼？
　　　　　且把它當作借給你的敵人吧，　　　　125
　　　　　如果他破產，你也就更容易
　　　　　要求處罰了[12]。

夏洛　　瞧瞧您，居然大發雷霆了！
　　　　　我是想跟您交個朋友，博取您的愛，
　　　　　忘記您對我做過的羞辱污蔑，　　　　130
　　　　　提供您急切的需求，連一毛錢的
　　　　　利息都不要，您卻不肯聽我說。
　　　　　我這是好心。

巴薩紐　　　　　　　這倒是好意。

12　安東尼一語成讖。

夏洛	這個好意我會表現出來。
	跟我去找個公證人,在那裡簽個

夏洛　　這個好意我會表現出來。
　　　　跟我去找個公證人,在那裡簽個　　　　　135
　　　　無條件的契約[13],嗯,算是個玩笑吧,
　　　　假如您沒有根據合約,在某個日子,
　　　　某個地點,償還某個數目
　　　　的錢,那您要接受的懲罰
　　　　是從您的貴體,不多不少,　　　　　　　140
　　　　割下一磅肉來,至於說是從
　　　　您的哪個部位,則看我高興。

安東尼　一言爲定!我願簽下這個約,
　　　　而且說這個猶太人眞是好心。

巴薩紐　您不可以爲我簽下這種合約;　　　　　　145
　　　　我情願照這個樣子,窮困潦倒。

安東尼　噯,別害怕,老弟,我不會違約的。
　　　　兩個月之內,也就是這份合約
　　　　到期之前一個月,我等著的
　　　　回收是合約價值三倍再三倍[14]。　　　　150

夏洛　　啊亞伯拉罕老祖宗,瞧瞧這些基督徒,

13　無條件的契約:原文是single bond。譯文根據多位學者注解;他們
　　指出夏洛才說過「無條件」,接著就以「玩笑」方式開出條件來(參
　　見Mahood, Bevington, Martin 諸家注)。也有學者認爲single bond意爲
　　「沒有其他保證人,僅由借款人簽署的合約」(Maus注;另參Halio
　　注)。Cerasano注single爲 simple。

14　三倍再三倍:原文是"thrice three times",可以解釋爲「乘以三的三
　　倍」,也就是九倍,或「三次乘以三」,也就是二十七倍。安東尼
　　在這裡只是極言他預期的收益足以清償貸款綽綽有餘。

他們自己無情無義，因此也懷疑
別人的心地！請您來告訴我：
假如他到了期不還錢，我去要求
處分，又能得到什麼好處呢[15]？　　　　　　155
一磅人肉，從人身上割下來，
比起羊肉、牛肉、什麼的，
還不值錢，也沒有賺頭。我說，
爲了博取他的歡心，才這樣表現友誼。
假如他肯接受，也罷；否則，拉倒。　　　　　160
看在我的面上，請您不要誤會我。

安東尼　　好啦，夏洛，我願簽訂這個合約。

夏洛　　　那就馬上在公證人那裡跟我見面。
告訴他這個遊戲合約該怎麼寫，
我這就去收集需要的金幣，　　　　　　　　165
檢查我那不可靠又愛浪費的
僕人所看管的房子，然後馬上
跟您會面。

下。

安東尼　　　　　　快快來，好猶太人。
猶太人要變基督徒了，他越來越好心。

巴薩紐　　我卻不喜歡好話說滿，壞事做盡。　　　　170

15　當安東尼逾期無法還錢的時候，他的朋友撒拉瑞諾問夏洛，要了安
　　東尼的肉有什麼用，夏洛回答說「可以用來釣魚啊」（第三場第一景
　　40-42行）。

安東尼　　算了，這件事不必恐懼驚慌，
　　　　　我的船兩個月內就會回航。

　　　　　　　　　　　　　　　　　兩人下。

第二場

【第一景】

(一小段木管短號[1]音樂。)摩洛哥王子上。他是個膚色黃褐的摩爾人,全身著白衣,隨扈三、四人。波點、尼麗莎,及其隨從同上。

摩洛哥　別因為我的膚色而排斥我,
　　　　那是光明太陽的黝黑制服,
　　　　而我是他的鄰居也是近親。
　　　　從日神的光芒無法溶化冰柱的北國,
　　　　找個最最白皙的美男子來,　　　　　　5
　　　　讓我們把肉割開,比較對您的愛,
　　　　看誰的血最紅[2],他的還是我的。

1　原文cornet在今日是指銅號;Mahood注釋強調這在當時是細細彎彎
　　的木管樂器。
2　血代表勇氣及生命力(見各家注)。

告訴您，小姐，我的這副長相
曾使勇士懼怕；我以我的愛發誓，
我們國度裡最受尊敬的少女 　　　　　　　　　10
也曾愛慕過。我不願改變膚色，
除非是為了博您的歡心，我的好女王。

波黠　　說到選擇，我並非完全受制於
一個姑娘家挑剔的眼光。
何況，掌管我命運的彩券 　　　　　　　　　15
不容我有自由選擇的權利。
然而，若不是家父限制了我，
以他的智慧規定我把自己嫁給
用我跟您說過的方式贏得我的人，
那麼，大名鼎鼎的王子，您贏得 　　　　　　20
我愛的機會絕不亞於我先前
看過的求婚者[3]。

摩洛哥　　　　　　　　就為這句話，感謝您。
因此，請帶我到彩匣那裡，
試試運氣。我用這把彎刀
手刃過波斯沙皇和那三次戰勝 　　　　　　　25
蘇丹王[4]的一位王子。以它為誓，
我要面對最嚴厲的眼神而不眨眼，

3　Mahood注：波黠在前面已經嘲謔過其他求婚者，因此在這裡並沒有
　　撒謊。
4　蘇丹王：Sultan Suleiman(1520-66)。

要勝過世界上最英勇的人物，
要從母熊身邊掠取正在吃奶的小熊，
沒錯，要嘲諷獵食怒吼中的獅子，　　　　　　30
只為贏得小姐您的芳心。但可惜啊，
如果赫糾力士和他的僕人玩骰子[5]，
賭誰比較厲害，運氣好的話，贏家
可能是比較弱的那一隻手。
因此赫糾力士輸在自己一怒之下，　　　　　　35
而我呢，在盲目的命運之神帶領下，
或許也會輸給那些不如我的人，
並且悔恨而死。

波點　　　　　　　　　您只好試試運氣，
不是根本不做選擇，就是
在選擇之前發誓：若是選錯了，　　　　　　40
此後絕不再跟任何女子談論
婚嫁。因此，還請多加考慮。

摩洛哥　　不必了。來吧，帶我去看我的運氣。

波點　　　　先到教堂去；用過餐之後
您就要孤注一擲。

摩洛哥　　　　　　　　啊給我好運，　　　　45

5　赫糾力士(Hercules)是希臘神話中的大力神，曾經擲骰子而贏得美麗
　　的女僕。後來他的隨侍Lichas 將一件有毒的衣服給他穿，他盛怒之
　　下，把僕人擲到海裡。莎士比亞——或者應該說是摩洛哥——在此
　　摻雜了幾個故事(參見各家注)。

使我幸福——或是成爲最倒楣的人！

木管短號。眾人下。

【第二景】

丑角藍四籮‧葛寶上。

藍四籮 當然啦，我的良心會聽我的，讓我從這猶太主
子家裡落跑。魔鬼在旁邊引誘我，跟我說：
「葛寶，藍四籮‧葛寶，好藍四籮，」不然就是
「好葛寶」，或者「好藍四籮‧葛寶，把你那兩
條腿，抬起來，快跑。」我的良心說「不行；小　　5
心哪，老實的藍四籮，要小心哪，老實的葛寶」
——不然就是（還是老話一句）——「老實的藍四
籮‧葛寶；別跑，用腳踹開落跑的念頭吧。」可
是啊，一旁加油的魔鬼叫我捲鋪蓋。「快走哇！
」魔鬼說，「快去呀！」魔鬼說。「天哪，鼓起　　10
勇氣逃走吧，」魔鬼說。可是啊，我的良心，還
掛在我心坎的脖子上，非常明智地對我說，「我
的老實朋友藍四籮，你是個老實漢的兒子，也許
該說是老實女人的兒子」（因為我老爸當年愛拈花
惹草，有女人緣；他有點風流成性）。總之，我的　　15
良心說，「藍四籮，不許動！」「偏要動！」魔
鬼說。「不許動！」我的良心說。「良心哪，」
我說，「您說得有理。」「魔鬼呀，」我說，

「您說得有理。」若要聽命於良心，我就應該留
在我猶太主子家裡，而他呀——恕我實話實說！　　20
——他簡直是個魔鬼；可是呢，我要是逃離這猶
太人，就是聽命於魔鬼，而他呀——恕我直言——
他根本就是魔鬼嘛。當然這猶太人是魔鬼的化
身，而憑良心講，我的良心其實是個狠毒的良
心，才會勸我留在猶太人家裡。還是魔鬼的勸告　　25
比較夠意思：我要落跑，魔鬼，我的腳跟要聽從
您的吩咐，我要落跑。

　　　　　　老葛寶提著籃子上。

葛寶　　少年郎，您，請問您，到猶太大爺家怎麼個走法？

藍四籮　　（旁白）天哪！這個人是我親生老爸，他的眼睛豈
止半瞎，簡直快全瞎了，所以認不得我了。我來　　30
跟他開個玩笑。

葛寶　　少年郎，請問您，到猶太大爺家怎麼走法？

藍四籮　　碰到下一個彎就向右轉，但是再下一個彎就向左
轉。沒錯，到了再下面一個彎，也不右轉也不左
轉，只管不停地轉啊轉下去，就到了那猶太人的　　35
家[1]。

葛寶　　哎喲我的天，這可不好找！您可知道住在他家裡
有個叫藍四籮的，是不是還在他府上？

藍四籮　　您是說藍四籮少爺啊？（旁白）仔細瞧著，我現在

1　Mahood注：這是個老把戲。效果最好的是，藍四籮把他父親轉來轉
　　去，直到父親站在夏洛家門正前方，也就是藍四籮上場之處。

	要叫他老淚縱橫。您是說藍四籬少爺啊？	40
葛寶	不是什麼「少爺」啦，先生，只是個窮人家的孩子。他的父親，我敢說一句，倒是老老實實、一貧如洗的一個人，謝天謝地，日子過得挺好的[2]。	
藍四籬	嗯，且別管他的父親，咱們談談藍四籬少爺。	
葛寶	大爺您的朋友藍四籬。	45
藍四籬	但是請問您，職是之故[3]老人家，職是之故我懇求您，您是說藍四籬少爺？	
葛寶	是藍四籬沒錯，大爺。	
藍四籬	職是之故藍四籬少爺。別提藍四籬少爺了，老人家，因為那位少爺，真的是命也運也，時也數也，天命也氣數也，總而言之，真的是嗚呼哀哉了也。說得明白一點，就是升天去啦。	50
葛寶	哎喲，這可使不得！這孩子是我老來的枴杖，是我的支柱啊。	
藍四籬	我長得可像根棒子還是枴杖，像棍子還是柱子？您認得我嗎，老頭子？	55
葛寶	天哪，我不認得您，少爺，但是求您告訴我，我的兒子——上帝讓他的靈魂安息！——到底是死是活？	

---

2 葛寶常常顛三倒四、互相矛盾的言語，是喜劇效果的一部分。有其父必有其子，藍四籬也不遑多讓，見下文。

3 職是之故：原文ergo是拉丁文，意思是therefore（因此）；藍四籬在這裡故意裝腔作勢（參見各家注）。

藍四籠	您認不得我了嗎，老人家？	60
葛寶	天哪，先生，我眼睛半瞎了，我認不得您。	
藍四籠	說的也是，就算您有眼睛，也未必能認識我：聰明的父親才認得自己的孩子[4]。好吧，老頭子，我來告訴您，您兒子的消息。(跪下)請您給我祝福吧。是真的假不了，殺人的躲不掉；父子關係也許可以隱瞞一時，但終究會露出馬腳。	65
葛寶	拜託，先生，請起；我敢說您絕不是我兒藍四籠。	
藍四籠	拜託，別再胡鬧了，給我祝福吧；我是藍四籠，您從前的男孩，您現在的兒子，您將來的孩兒。	
葛寶	我不敢相信您是我兒。	70
藍四籠	我不知道這話什麼意思；但我是在猶太人家當差的藍四籠，我也確信您的妻子瑪佳麗是我的娘。	
葛寶	她的名字的確叫做瑪佳麗。我敢發誓，你這小子如果是藍四籠，你就是我的親骨肉[5]。眾人敬拜的上帝呀！你的鬍子長得可真長啊[6]！你下巴上長的毛比家裡載貨馬兒多賓尾巴上的毛還要多。	75
藍四籠	(起身)這麼說來，多賓尾巴上的毛越長越短囉。	

4　藍四籠嘲笑自己父親不聰明。Mahood注轉述Barnaby Riche, *Irish Hubbub*（1617）16：「從前我們說，能認識自己父親的是聰明的孩子，但是現在可以說，能認識自己孩子的才是聰明的父親。」（We were wont to say, it was a wise child that did know his own father, but now we may say it is a wise father that doth know his own child.）

5　在此之前，葛寶誤認藍四籠是個少爺，因此一直客氣的以「您」（you）相稱。如今知道他是自己兒子，立刻改稱「你」（thou）。

6　葛寶摸到的是跪在地上藍四籠的頭髮（參見各家注）。

我清楚記得，上回見到牠的時候，牠尾巴上的毛
多過我臉上的。

葛寶　天哪，你的樣子變了這麼多！你跟你東家合得來　80
嗎？我給他帶了一份禮物。你們現在相處得怎麼
樣了？

藍四籮　好，好；不過，就我這方面來說，我這顆心已經
決定要落跑了，所以總得跑得遠遠的，才能安下
這顆心。我的主人是個道道地地的猶太。給他禮　85
物？給他絞繩還差不多！我替他當差，都餓死
啦。您摸摸我的肋骨，就數得出我的手指有幾根
啦[7]。老爸，眞高興您來了；把您的禮物，替我送
給一位叫做巴薩紐的大爺吧，他倒是讓僕人穿光
鮮的制服呢。如果不去服侍他，我就要跑到天涯　90
海角去。哎呀眞走運，說著說著他就來了！快上
前去，老爸，我要是繼續伺候那猶太人，我就是
個猶太人！

　　　　　巴薩紐、雷納篤，以及隨從一兩人上。

巴薩紐　你這樣也行，不過要趕緊，晚飯最遲五點就要準
備好。把這幾封信送出去，派人去做制服，叫瓜　95
添諾馬上到我的住處。

　　　　　　　　　　　　　　　一隨從下。

藍四籮　上前去啊，爸。

7　平常是說，用手指摸出肋骨有幾根。傳統演出時，藍四籮張開手指，
　　代表肋骨，再把父親的手擺在自己手指上(參見各家注)。

葛寶	上帝保佑大人！	
巴薩紐	托福了；有什麼貴幹？	
葛寶	這個是我兒子，先生，一個窮小子——	100
藍四籮	不是窮小子，先生，是闊猶太的僕人，我呢—— 先生，就像我父親要說明的——	
葛寶	先生，他疑心 8 想要，就是說，要伺候——	
藍四籮	對了，長話短說，我在猶太人家當差，想要，就 像我父親要說明的——	105
葛寶	他的主人跟他，恕我直言，算不得是哥倆好——	
藍四籮	簡而言之，老實說吧，那個猶太人虧待了我，害 得我——我父親他是個老人家，他可以向您褒 獎 9 ——	
葛寶	我這兒有一盤鴿子肉，想孝敬大人，我有一事 相求——	110
藍四籮	簡單一句話，這件事跟我無關10，大人您聽聽這 位老實的老人家就知道了。我敢說，我父親雖然 是老，卻也窮苦——	
巴薩紐	讓一個人說兩個人的話吧。你們想要什麼？	115
藍四籮	想伺候您，先生。	
葛寶	就是這麼費事11，先生。	

---

8 疑心：葛寶想說的是「一心」。
9 褒獎：藍四籮想說的是「保證」。
10 無關：藍四籮想說的是「有關」。
11 這麼費事：葛寶想說的是「這麼回事」。

巴薩紐	我認得你，你的請求我答應了。	
	你的主人夏洛今天跟我談起來，	
	他要我提拔你呢——假如說，	120
	離開有錢的猶太東家，去做	
	窮紳士的跟班也算是提拔的話。	
藍四籮	有道是，上帝的恩典勝過金山銀山[12]。我的主人	
	夏洛跟您正好平分這一句老話：您有上帝的恩	
	典，他有金山銀山。	125
巴薩紐	說得好。老人家，跟你兒子走吧。	
	去向你的老東家告辭，再來打聽	
	我的住處。(向隨從)給他一套制服，	
	要比其他人的史加考究；你來負責。	
藍四籮	老爸，進去吧。我是找不到什麼差事的，不可能	130
	的，我天生沒有舌頭[13]！(端詳自己的手掌)哼，	
	如果義大利有誰用來按著《聖經》宣誓的手掌比	
	你更有福，我是那有福的人[14]。——我會走好運	
	的。嘿嘿，這條生命線不怎麼樣嘛：妻妾不多，	
	唉呀，十五、六個老婆算什麼，一打寡婦半打處	

12　俗語是 He who has the grace of God has enough（有了神的恩典就足夠
　　了）或 The grace of God is gear enough（神的恩典夠大）。典出《聖經·
　　哥林多後書》12：9：「我的恩典夠你用的」（My grace is sufficient for
　　thee.）（參見各家注）。

13　藍四籮的諷刺口吻，好像怪他父親認為他沒有口才（參見Halio注）。

14　Halio指出，藍四籮語焉不詳。總之是自鳴得意。

女，對男人來說，不過是起碼的入個門[15]；還有
三次落水不死，還要掉進胭脂窩，差點送了命。
這些個劫數，都是家常便飯。欸，如果命運之神
是個女的，她來辦這件事倒挺合適的。老爸，來
吧，只一眨眼工夫我就要跟那猶太人告別了。　　140

　　　　　　　　　　　　　藍四籮和萬寶下。

巴薩紐　　好雷納篤，這件事還要拜託你。
　　　　　這些東西買好，安放妥當之後，
　　　　　馬上趕回來，因為今天晚上我要
　　　　　跟我的哥兒們吃飯。快快去吧。

雷納篤　　我絕對會全力辦妥這件事。　　　　　　145

　　　　　　　　　　瓜添諾上。

瓜添諾　　你家主人呢？
雷納篤　　　　　　　他在那兒呢，先生。　　　　下。
瓜添諾　　巴薩紐大人！
巴薩紐　　是瓜添諾嗎？
瓜添諾　　我有一事相求。
巴薩紐　　　　　　　我答應您就是了。
瓜添諾　　您非答應不可，我要跟您去貝兒芒。　　150
巴薩紐　　那您就來吧。不過，瓜添諾，你可聽好[16]：

15　起碼的入個門：原文 a simple coming-in，有兩層意思，一是「微薄
　　的收入」，二是「輕易的性入口」（參見Maus注）。
16　Mahood指出：巴薩紐要勸誡瓜添諾的時候，不再用客氣禮貌的
　　「您」，而改用比較親暱的「你」（thee）。

你這個人太放肆、太粗野、嗓門又大——
這些特點倒是符合你的個性，
在我們眼裡也沒什麼大不了；
但是，在生人的面前，唉，就顯得　　　　　　　　155
太過放蕩不羈了。拜託你務必要
添加幾分端莊文靜，來沖淡一下
你的心浮氣躁，免得你放肆的舉止
害我到了那邊被人家誤解，
而失去機會。

瓜添諾　　　　　　巴薩紐大爺，聽我說：　　　　160
我一定會擺出嚴肅的模樣，
說話畢恭畢敬，嘴巴盡量放乾淨，
袋裡擺著禱告書，裝出一本正經，
還有啊，謝飯禱告時，用帽子遮住
眼睛，如此這般[17]，然後嘆口氣說「阿們」[18]，　　165
凡事中規中矩，謹守法度，就像
以老成持重博取祖奶奶的歡心。
要是做不到，以後不必再相信我了。

巴薩紐　　好吧，我們要觀察您的舉止。

瓜添諾　　不行，今晚不能算，您不能拿我們今晚的　　170
表現評量我。

17　這是指斜側帽子遮住眼睛，以示敬意。伊利莎白時代的男人在室內，
　　就連吃飯的時候，也戴著帽子（參見各家注）。

18　阿們：amen是基督徒祈禱的結尾語，表示衷心贊成。

巴薩紐　　　　　　　　那當然，否則太煞風景了。
　　　　　　我倒是要拜託您到時候能
　　　　　　放膽作樂，因爲咱們兄弟還要
　　　　　　痛痛快快玩一場呢。回頭見吧，
　　　　　　我還有事。　　　　　　　　　　　　175
瓜添諾　　　我也要去找羅仁佐那一票；
　　　　　　不過，晚餐的時候我們會去看您。

　　　　　　　　　　　　　　　　　兩人下。

【第三景】

潔西可與丑角藍四籮上。

潔西可　你這樣離開我父親，真叫我難過。
　　　　　我們家是地獄，虧得有你這搞笑的
　　　　　小鬼稍微化解沉悶的氣氛。
　　　　　可是，再會吧：這塊金幣賞給你。
　　　　　還有，藍四籮，晚飯時，你會見到　　　　5
　　　　　羅仁佐，他是你新主人的客人；
　　　　　把這封信交給他，要保密。
　　　　　好了，再會：我不要讓我爸
　　　　　見到我跟你說話。

藍四籮　別矣；淚水沾淫了我的舌頭[1]。美麗無比的異教　10
　　　　　徒，甜蜜無比的猶太妞兒，要是沒有哪個基督徒
　　　　　把上了你，我可就看走眼啦。不過，別矣；這幾
　　　　　滴可笑的淚水多少淹沒了我的男子氣概啦。別矣！
　　　　　　　　　　　　　　　　　　　　　　　　下。

1　原文是tears exhibit my tongue（淚水展示／表現了我的舌頭）。藍四籮
　　的原意可能是tears inhibit my tongue（淚水害我不能開口說話）；但他
　　也可能是要說：我的淚水表現了我無法口說的（參見各家注）。譯文
　　以「沾淫」諧音「展示」。

潔西可　再會了，好藍四籮。

天哪，我的罪孽何等深重，　　　　　　　　　15

竟以做我父親的孩子為恥！

但我雖然在血緣上是他女兒，

行為舉止卻不是。羅仁佐啊，

你若言而有信，我的掙扎就可結束，

做你親愛的妻子，成為基督徒。　　　　　20

下。

【第四景】

　　　　　瓜添諾、羅仁佐、撒拉瑞諾、索拉紐上。

羅仁佐　　不，我們要在晚飯的時候溜出去，
　　　　　到我住的地方化好裝，大家在
　　　　　一個小時內回來。

瓜添諾　　我們都還沒有準備好呢。

撒拉瑞諾　都還沒有安排好拿火把的人呢[1]。　　　　　　5

索拉紐　　如果沒有妥當的安排，就太遜了，
　　　　　依我之見，還是免了吧。

羅仁佐　　現在才四點鐘；我們還有兩個小時
　　　　　可以準備呀。

　　　　　　　　藍四籮持信上。

　　　　　　　藍四籮老弟！有什麼消息？

藍四籮　　請您把信封拆開，信裡的消息似乎就會出現。　　10

羅仁佐　　我認得這筆跡；真是秀麗啊，
　　　　　而寫那信的秀麗的手，潔白
　　　　　更勝過這張信紙。

瓜添諾　　　　　　　　　情書，一定是！

1　在莎士比亞時代，參加假面舞會（masque）頗費周章；入場時候要有
　　使者通報、有持火把者、有音樂，聲勢浩大（參見Halio及Mahood注）。

藍四籮	先生，容我告辭。
羅仁佐	你要去哪裡？　　　　　　　　　　　　　　　15
藍四籮	喔，先生，要去請我的舊東家那猶太人今晚去跟我 的新東家那基督徒吃晚飯。
羅仁佐	慢著，這個收下 [2]。告訴溫柔的潔西可 我不會失約的；要偷偷的跟她講。

藍四籮下。

走吧，各位：　　　　　　　　　　　　　　20
請你們為今晚的化裝舞會預備好。
我已經有個執火把的人了。

撒拉瑞諾	是啊沒錯，我這就去安排。
索拉紐	我也去。
羅仁佐	大約一個鐘點之後 到瓜添諾的住處和我們會合。　　　　　　　25
撒拉瑞諾	如此甚好。

撒拉瑞諾與索拉紐下。

瓜添諾	那封信確實來自美麗的潔西可吧？
羅仁佐	我就從實招來。她已經指點我 如何把她從她父親家裡弄出來； 說她準備了些什麼金銀財寶、　　　　　　　30 預備好怎樣的僕人的衣裳。 她那猶太父親要是能上天堂，

2　羅仁佐賞藍四籮小費(參見各家注)。

一定是多虧有這溫柔的女兒[3]；
厄運女神絕不敢找上她，
除非是爲了這樣一個理由：   35
她是不信基督的異教徒後裔。
來，跟我走；你邊走邊仔細瞧[4]。
美麗的潔西可要爲我持火把。

三人下。

---

3   溫柔的：原文gentle，另有"gentile"（非猶太人之外邦人）之意（參見多
     家注）。
4   指看信。

【第五景】

　　　　　　猶太人夏洛及他先前的僕人丑角藍四籠上。

夏洛　　　好，走著瞧，用你的眼睛來評斷，
　　　　老夏洛和巴薩紐之間的區別——
　　　　喂，潔西可！——你可不能大吃大喝
　　　　像在我這裡一樣——喂，潔西可！——
　　　　睡覺、打鼾、隨便糟蹋衣服。　　　　　　5
　　　　喂，潔西可，叫你呢！

藍四籠　　　　　　　　　　　喂，潔西可！

夏洛　　　誰要你喊的？我可沒要你喊。

藍四籠　　大人您常講我說一下才動一下。

　　　　　　　潔西可上。

潔西可　　您叫孩兒嗎？您有什麼吩咐？

夏洛　　　有人請我去吃飯[1]，潔西可。　　　　　10
　　　　我的鑰匙在這裡。但我幹嘛要去？
　　　　他們請我並不是愛我，是要討好我；
　　　　但我還是帶著恨去吧，去吃那個
　　　　敗家子基督徒[2]。潔西可孩兒，

1　夏洛前面說過不會跟基督徒一同進餐，這裡前後不一的理由或許是
　　爲便於安排潔西可私奔這段戲（見Halio注）。

看緊我的房子。我真不想出門；   15
我有點兒心神不寧，
因為我昨晚才夢見錢包[3]。

藍四籮 先生，請求您還是去吧；我年輕的主人恭候您的大
罵呢[4]。

夏洛 我也恭候他的呢。   20

藍四籮 而且他們都串通好了——我不是說您會看到化裝舞
會；不過，您要是真看到了，就難怪上個黑色星期
一早上六點鐘，我的鼻子流了鼻血，因為那一年聖
灰星期三跟人吵架是在四年前的一個下午[5]。

夏洛 什麼，化裝舞會？你給我聽好，潔西可，   25
把我的門鎖上，你聽到了鼓聲
還有那歪脖子吹奏尖銳難聽的
笛子，不准攀上窗扉，也不准
把腦袋探出大街去看那些
臉上彩繪的笨蛋基督徒；   30

（續）————————————————————————

2　有些心理分析學派的批評家抓住這句話，認為夏洛有食人族的傾向
　　（Halio注）。

3　Mahood注：「一般認為夢境和實際正好相反，所以夏洛擔心失去金
　　錢——後來證實擔心有理」（參見其他各家注）。

4　恭候您的大罵：原文 expect your reproach。藍四籮想說的是 expect
　　your approach（恭候您的大駕）（參見各家注）。夏洛佯裝不知（參見
　　Halio注）。

5　藍四籮胡扯一通，嘲諷夏洛的迷信（參見各家注）。黑色星期一：
　　Black Monday，即是復活節之後的頭一個星期一（Easter Monday）。
　　聖灰星期三：Ash Wednesday，復活節之前四十天四旬齋（lent）的頭
　　一天。

要緊閉我屋子的耳朵——我是說窗戶——
別讓輕浮狂蕩的聲音溜進
我規矩的屋子。我以雅各的杖發誓[6]，
今晚我實在是無心去赴宴；
但我還是要去。你先走吧，小子；　　　　　　35
說我就來。

藍四籮　　　　　　　那我就先去，先生。
（向潔西可旁白）小姐，您別管他，要注意窗外：
會來一個好基督徒，
猶太小姐可別疏忽。

　　　　　　　　　　　　　　　　　　　下。

夏洛　　　那個賤種說了些什麼，啊[7]？　　　　　　40
潔西可　　他說，「再見了，小姐」，沒說別的。
夏洛　　　那個笨瓜心地倒好，卻是個大肚漢，
幹起活來慢如蝸牛，白日裡睡覺
多過野貓。遊手好閒的雄蜂別來築巢，
因此我把他送走，而且是送到　　　　　　45
那個人家，好幫忙耗損他那
借來的荷包。好了，潔西可，進去；

6　雅各的杖：Halio注：雅各前往巴旦亞蘭(Padan-arum)的時候，只帶
　　著一根杖子，返鄉時已致富。事見《聖經·創世紀》32：10。Maus
　　注：另見《聖經·希伯來書》10：21。
7　賤種：原文Hagar's offspring。Hagar(夏甲)是個外邦女子，伺候亞伯
　　拉罕，生下Ishmael，後來母子同被逐出。事見《聖經·創世紀》21：
　　9-21(參見各家注)。

　　　　　說不定我馬上就會回來。

　　　　　照我的吩咐去做，記得隨手關門。

　　　　　看管得嚴，才能保全[8]：　　　　　　　　　　　50

　　　　　這雖是老話，勤儉人家永不嫌。

　　　　　　　　　　　　　　　　　　　　　　下。

潔西可　別了，如果命運沒跟我作對，

　　　　　我們父女倆從此不再相會。

　　　　　　　　　　　　　　　　　　　　　　下。

8　原文Fast bind, fast find.應是俗語，意謂：「牢牢守住的東西容易找
　　到」（參見各家注）。

【第六景】

化裝舞者瓜添諾、撒拉瑞諾上。

瓜添諾　　這就是那個棚子了，羅仁佐要我們
　　　　　在這底下守候。

撒拉瑞諾　他約定的時間都快過了。

瓜添諾　　真沒料到他會姍姍來遲，
　　　　　情人總是跑在時間前面的啊。　　　　　　5

撒拉瑞諾　啊，若是爲了締結新歡，
　　　　　維納斯的鴿子飛起來，
　　　　　速度會十倍於維持舊愛！

瓜添諾　　那是千古定律：有誰從筵席上起身，
　　　　　胃口還像坐下的時候一樣？　　　　　　10
　　　　　有哪一匹馬，在回程路上
　　　　　不是筋疲力竭，哪像出發時
　　　　　那樣跑得飛快？大凡天下事，
　　　　　追求時總比到手後來得帶勁 [1]。

1　　參見莎士比亞《十四行詩》(*Sonnets*)第一百二十九首，"Th'expense
　　of Spirit in a Waste of Shame"，講肉慾的追求、滿足，與隨後的失落，
　　其中明顯相關的兩行是："A bliss in proof and proved, a very woe; /
　　Before, a joy proposed; behind, a dream."。

> 船兒掛滿旌旗揚帆出港， 　　　　　　15
> 讓那輕狂的風兒摟摟抱抱，
> 豈不就像那浪蕩的么兒子[2]！
> 回來時船板損壞，船帆破裂，
> 被那輕狂的風弄得醜陋潦倒，
> 豈不就像那浪蕩的么兒子！ 　　　20

　　　　　　　羅仁佐上。

撒拉瑞諾　羅仁佐來了；這話以後再談吧。

羅仁佐　親愛的老哥，請原諒我如此耽擱。
　　　　勞你們久等的不是我，是我的事情。
　　　　等你們將來要偷新娘的時候，
　　　　我再來替各位同樣的守候。上前吧—— 　　25
　　　　我的猶太老丈人住在這兒。嘿！裡面誰呀？

　　　　　潔西可著男孩服裝，自上方出現。

潔西可　您是哪一位？告訴我，好更加確認。
　　　　雖然我敢發誓，聽得出您的聲音。

羅仁佐　是羅仁佐，你的愛人。

潔西可　果然是羅仁佐，的確是我的愛人， 　　30
　　　　還有誰我這麼愛呢？而且，除了您，
　　　　羅仁佐，有誰知道我是否屬於您？

羅仁佐　老天爺跟你自己可以證明你是。

潔西可　看著，接好這個匣子，不會白接的。

2　浪蕩的么兒子：浪子的故事，見《聖經・路加福音》15。

幸好是在晚上，您看不見我；　　　　　　　　35
我換了這身打扮，眞是難爲情。
不過愛是盲目的，情人看不見
他們自己所做的種種把戲；
要是看得見，邱比特都會臉紅[3]，
假如他看見我變成男孩子模樣。　　　　　　40

羅仁佐　下來吧，因爲您得替我持火把。

潔西可　什麼，非要我照出自己的羞恥？
老實說，這羞恥本身就夠張狂的了。
哎呀，愛人，這是照明的工作，
而我該遮掩才對。

羅仁佐　　　　　　　　沒錯啊，甜姐兒，　　45
遮掩成一個可愛的男孩。
好了，趕快來吧，
幽暗的夜很快就會消逝，
巴薩紐的晚宴等著我們呢。

潔西可　我把門關緊，再去多拿些　　　　　　50
金幣打扮自己，立刻就來。

　　　　　　　　　　　　　　　潔西可自上方下。

瓜添諾　天地良心，這分明是個基督徒，不是猶太人！

羅仁佐　我若不全心愛她，就不是個人。
因爲她有智慧，假如我的判斷不差；

3　邱比特：羅馬神話中的愛神Cupid，是維納斯(Venus)之子。

　　　　而且她有美貌，假如我的眼睛不假；　　　　　55
　　　　而且她有忠貞，這點她已經證明。
　　　　因此，智慧、美貌、忠貞的她
　　　　會這樣留在我不變的心靈裡。
　　　　　　　　潔西可上。
　　　　什麼，你來啦？走吧，帥哥[4]，快走！
　　　　別讓化裝舞會的朋友等太久。　　　　　　　60
　　　　　　　　　　　　　　兩人下。
　　　　　　　　安東尼上。

安東尼　　是誰呀？
瓜添諾　　安東尼先生嗎？
安東尼　　哎呀，哎呀，瓜添諾，其他的人呢？
　　　　都已經九點啦，大家等著你們呢。
　　　　今晚沒有化裝舞會：風轉向了，　　　　　65
　　　　巴薩紐馬上就要上船。
　　　　我派了20個人找你們呢。
瓜添諾　　那太好了；我最大的愉快
　　　　莫過於今晚就揚帆出海。
　　　　　　　　　　　　　　眾人下。

4　帥哥：原文gentleman(Q1)。潔西可穿著男子衣服，十分惹眼醒目，
　　所以羅仁佐開這個玩笑；有些版本把這個字改成複數的gentlemen，
　　指與他同來的夥伴(Q2, F)，並無必要(Mahood注)。

【第七景】

波點與摩洛哥王子及兩人之隨從上。

波點　　去，把那簾子拉開，亮出
　　　　那些個匣子給這位高貴的王子看。
　　　　現在請您選擇。

摩洛哥　這第一個金做的，刻了一句話：
　　　　「誰選中我，必然獲得眾人所欲。」　　　　　　　　5
　　　　這第二個銀做的，有這麼個約定：
　　　　「誰選中我，必然獲得所有應得。」
　　　　這第三個昏暗的鉛，寫得也像烏鴉嘴：
　　　　「誰選中我，必須冒險孤注一擲。」
　　　　我怎麼知道自己選對了沒有？　　　　　　　　　　10

波點　　其中之一有我的畫像，王子。
　　　　您若選中，我也就是您的人了。

摩洛哥　願神明指引我的判斷！讓我瞧瞧：
　　　　我再來打量一下上面題的字。
　　　　這鉛匣子怎麼說？　　　　　　　　　　　　　　　15
　　　　「誰選中我，必須冒險孤注一擲。」
　　　　必須——為什麼？為了鉛？為鉛而冒險！
　　　　這個匣子可怕：人若孤注一擲，

為的是要得到可觀的利益。
金枝玉葉不為殘花敗絮而低頭；　　　　　　20
我才不會為鉛而冒險孤注一擲。
這色澤純潔的銀匣子怎麼說呢？
「誰選中我，必然獲得所有應得。」
所有應得——琢磨一下，摩洛哥，
公公平平地掂掂你的身價。　　　　　　　　25
如果照你自己的聲譽來衡量，
你的應得該足夠了；但足夠
也許還不足以包括這位小姐。
可是如果擔心自己身價不夠，
豈不又是小看了我自己？　　　　　　　　　30
得到我應得的：嘿，那就是小姐囉。
我的出身配得上她，無論財富、
風采、還有各方面的教養：
更重要的是，我的愛也配得上。
要不要到此為止，就在這裡做選擇？　　　　35
還是再看一眼這金匣子上鏤刻的字：
「誰選中我，必然獲得眾人所欲。」
嘿，那就是小姐囉；世人都垂涎她。
打從四面八方都有人來
一親這神殿，這人間聖女的芳澤。　　　　　40
連赫坎尼的大漠，和阿拉伯廣袤的
荒野，如今都成了通衢大道，讓

王公貴冑前來瞻仰美麗的波點 [1]。
在海龍王的國度，野心勃勃的浪頭
捲起千堆雪，蔑視天空，也無法　　　　　　　　　　45
阻擋海外的英雄豪傑；他們像
跨越溪澗般，來拜望美麗的波點。
這三者之一藏有她天仙般的畫像。
會是鉛匣子藏著她？這種卑下的
想法簡直該死！就算用來擺她蠟做的　　　　　　50
壽衣，這灰暗的鉛棺也嫌太粗劣吧。
又難道她是關在銀匣子裡面──
那價值不到純金十分之一的東西？
罪過的念頭啊！如此值錢的寶石
豈能不用金子來鑲？在英國他們　　　　　　　　55
有一種錢幣，上面是天使的像 [2]，
用金子鑄造；但那是雕刻上去的：
而這裡有個天使，在金子打造的床裡
藏得好好的。把鑰匙給我：
我選擇這個，願我心想事成。　　　　　　　　　60

波點　　拿去吧，王子，假如我的畫像在裡面，
我就是您的了。

1　美麗的波點：43行和47行的句尾重複法（epistrophe）有助於39-47行
　　的狂熱詩風（Mahood注）。
2　按：這裡指的英國金幣，上面刻的是天使長米迦勒（Michael）屠龍的
　　像，因此叫做angel（參見各家注）。

　　　　　　　　　　　摩洛哥打開金匣子的鎖。

摩洛哥　　　　　　　唉呀該死！這是什麼？
一個死人骷髏，它空洞的眼裡
有張寫了字的紙捲。我來念念看：

　　　　　亮閃閃的未必是金[3]；　　　　　　　　65
　　　　　這一句話您早聞聽。
　　　　　有多少人賠上性命，
　　　　　只因被我外表吸引。
　　　　　金亮墳裡蛆蟲成群。
　　　　　您若膽大加上聰明，　　　　　　　　　70
　　　　　不僅少年，更且老成，
　　　　　答案不會如此驚悚。
　　　　　別矣，求婚夢已冰凍。

真個冰凍，一場白忙；
別矣，熱情；迎接寒霜[4]。　　　　　　　　　75
波點，再會；我的心情太過悲傷，
只好匆匆告辭：失敗者如此下場。

　　　　　　　　　　　摩洛哥和他的隨從下。

3　紙捲上的詩原文每行七音節為主，且一韻到底。譯文稍作變化。
4　摩洛哥這兩行仿紙捲上的詩，原文分別是七個音節和八個音節。

波點　　這下可清靜了！且把簾幕拉上。

走，願他這類人的選法都一樣。

　　　　　　　　　　　　　眾下。（吹奏短號）

【第八景】

撒拉瑞歐和索拉紐上。

撒拉瑞歐 嘿，老哥，我親眼見巴薩紐出海。
跟他一起上路的還有瓜添諾，
我也確定羅仁佐不在他們船上。

索拉紐 那混蛋的猶太人大呼小叫，
驚動公爵跟他去搜巴薩紐的船。　　　　　5

撒拉瑞歐 他晚了一步啦。船已經出海。
不過，在那裡，公爵聽人說起，
在一艘平底船上，有人看見
羅仁佐跟他脈脈含情的潔西可。
何況，安東尼向公爵保證　　　　　　　10
他們不在巴薩紐的船裡。

索拉紐 我從沒聽過有誰那麼氣急敗壞，
那麼奇特、震怒，那麼變化無常，
像那狗猶太人在大街小巷的叫喊：
「我的女兒！我的金幣啊！我的女兒啊！　15
都跟個基督徒跑啦！我的基督徒金幣！
天理！法律！我的金幣，我的女兒！
封好好一袋子，封好好兩袋子的金幣，

雙倍的金幣，叫我女兒偷走啦！還有
珠寶，兩顆寶石，兩顆價值連城的寶石，　　　　　20
叫我女兒偷走啦！天理啊！找回這女孩！
她身懷著那寶石，還有那金幣。」

撒拉瑞歐　哈，威尼斯的小男孩全都跟著他，
喊著他的兩顆寶石[1]，他的女兒，他的金幣。

索拉紐　好心的安東尼可別誤了日期，　　　　　　25
否則麻煩可大了。

撒拉瑞歐　對，提醒得正好。
我昨天跟一個法國人聊天，
他告訴我，在英國和法國之間
狹窄的海峽裡，發生了船難，　　　　　　　30
是一艘我國的船，滿載著貨物。
他說的時候我就想到安東尼，
還暗暗地希望那不是他的船。

索拉紐　您最好把聽到的告訴安東尼。
但也別太突然，免得他憂鬱。　　　　　　　35

撒拉瑞歐　這世上沒有比他更好心的了。
我看到巴薩紐跟安東尼分手。
巴薩紐對他說，他會盡快地
趕回來；他回答說：「千萬別這樣。
別因為我而把事情搞砸，巴薩紐，　　　　　40

1　寶石：孩子們口中的兩顆寶石意謂兩顆睪丸（參見各家注）。

要等有了結果，事情都搞定；
至於那猶太人跟我訂的契約，
別讓它干擾您的一心求愛。
您只管歡喜快活，全神貫注在
追求上。到了那裡，因地制宜，　　　　45
見機行事，表現您的愛意。」
說到這裡，他的眼睛含著淚，
把頭一撇，把手擺在背後，
以何等的眞情眞意，緊握著
巴薩紐的手；兩人就此別離。　　　　50

索拉紐　我看他眷戀這世界，只爲巴薩紐。
我看哪，咱們去把他找出來，
想些什麼樂子，也好解一解
他心中的憂傷。

撒拉瑞歐　　　　　　咱們就這麼辦。

　　　　　　　　　　　　　　　　兩人下。

【第九景】

尼麗莎和一僕從上。

尼麗莎 快，快，拜託，馬上把簾幕拉開。

阿拉剛王子已經發過誓，

立刻就要過來選擇了。

短號響起。阿拉剛王子和他的隨扈，以及波點上。

波點 高貴的王子，請看，匣子擺在那邊。

假如您選中了有我畫像的那個， 5

馬上就可以舉行我們的婚禮；

假如您失敗了，大人，沒有二話，

您必須立刻離開此地。

阿拉剛 我已經發誓遵守三件事情：

第一，永遠不得向任何人說 10

我選的是哪個匣子；其次，我若

沒有選對匣子，這一輩子

不再去追求婦女，談論婚嫁；最後，

假如我不幸沒有選中，

會立刻向您告辭離去。 15

波點 這些個規定，凡是爲我這不配的人

前來冒險的都要發誓遵守。

阿拉剛　　我也已經有準備。命運之神哪，
　　　　　助我心想事成！金、銀、卑賤的鉛。
　　　　　「誰選中我，必須冒險孤注一擲。」　　　　　　20
　　　　　您得長得俊美些，我才可能冒險。
　　　　　金匣子是怎麼說的？哈，讓我瞧：
　　　　　「誰選中我，必然獲得眾人所欲。」
　　　　　眾人所欲！那「眾人」可能是指
　　　　　愚昧的大眾，他們憑外表選擇，　　　　　　　　25
　　　　　只會聽從傻呵呼的眼睛教導，
　　　　　無法深入探究，像那燕子
　　　　　築巢在外牆上，遭到雨打風吹，
　　　　　不顧外力加害的悲慘命運。
　　　　　我不會選擇那眾人之所欲，　　　　　　　　　　30
　　　　　因為我不會跟他們一般見識，
　　　　　自比於那沒有教養的大眾。
　　　　　那麼，是你囉，銀子打造的寶庫！
　　　　　且把你的題詞再告訴我一遍：
　　　　　「誰選中我，必然獲得所有應得。」　　　　　　35
　　　　　這話說得好；因為有誰能夠
　　　　　欺騙命運之神，博取光榮美譽，
　　　　　卻沒有真才實學呢？誰也別想
　　　　　不夠份量而欺世盜名。
　　　　　啊，但願身分、地位、官職　　　　　　　　　　40
　　　　　都不是苟且得來，但願清白的美名

都因當事人的才德而獲取。

多少沒有紗帽的該戴上冠冕？

多少發號施令的該俯首聽命？

多少庸俗低鄙的該淘汰篩除，　　　　　　　　　45

留下真正高貴之士；多少高貴之士

會從時間的殘渣之中揀選出來

重新賦予光彩？唉，做個選擇吧：

「誰選中我，必然獲得所有應得。」

我就選那應得的份。鎖匙給我，　　　　　　　50

立刻在這裡打開我的運氣。

　　　　　　　　　　　　　阿拉剛打開銀匣子。

波點　　看您找到的那東西，要這麼久嗎？

阿拉剛　這是什麼？畫的是個眨眼的傻瓜，

還題了一首詩！我且讀讀看。

你跟波點差得太遠啦！　　　　　　　　　　55

跟我的期待我的份量也差得太遠啦！

「誰選中我，必然獲得所有應得。」

難道我只配得到傻瓜的腦袋？

那就是我的獎賞？我配不上更好的？

波點　　犯罪和定罪是兩碼子事[1]，　　　　　　　60

兩者本質相反。

1　原文是To offend and judge are distinct offices，可能有兩層意思：①
　你既然已經把自己命運交由別人決定，就不宜再加評斷；②既是我
　間接造成你的不幸，我便不宜置評(參見各家注)。

阿拉剛　　　　　　　　這寫的是什麼？

　　　　讀詩

　　　　鍛燒銀子要七次火煉[2]；
　　　　聰明的判斷何獨不然？
　　　　選擇起來才不會失閃。
　　　　世界上有人喜歡虛幻；　　　　　　　　　　65
　　　　虛幻便是他們的恩典。
　　　　更有些傻瓜，銀光閃亮，
　　　　跟這匣子沒什麼兩樣。
　　　　無論您要娶誰做妻房，
　　　　我會永遠坐在您頭上。　　　　　　　　　　70
　　　　請上路吧，您必須下場。

　　　　我若在這裡多做停頓[3]，
　　　　愈發顯得有多麼愚蠢。
　　　　滿懷希望，戴個傻瓜頭來，
　　　　求婚不成，頂著一雙離開。　　　　　　　　75
　　　　美人兒再會；我會守信，
　　　　心平氣和地忍受厄運。

2　鍛燒銀子要七次火煉：參見《聖經・雅歌》12：6：「耶和華的言語，
　　是純淨的言語，如同銀子，在泥爐中煉過七次。」
　　這首詩的原文也是以七音節為主，一韻到底。譯文用兩個韻。
3　原文裡阿拉剛下場前的六行詩也是以七個音節為主，似乎是順著紙
　　捲上的詩行而來，韻式為兩行一韻的對偶。

　　　　　　　　　　　　　　　阿拉剛和他的隨扈下。

波　點　　飛蛾撲火，惹火上身。
　　　　　唉，這些精明的傻瓜真糊塗！
　　　　　這叫做聰明反被聰明誤！　　　　　　　　80

尼麗莎　　古人早已說分明：
　　　　　生死姻緣天註定。

波　點　　把簾幕拉起來吧，尼麗莎。

　　　　　　　　　　　一信差上。

信　差　　我家小姐在嗎？

波　點　　　　　　　在此。老爺有何吩咐⁴？

信　差　　小姐，您的大門口來了一位　　　　　　85
　　　　　年輕的威尼斯人，前來
　　　　　通報他的主人即將蒞臨，
　　　　　替他帶了禮物來問候：
　　　　　就是說，除了口頭的禮貌致意，
　　　　　還有貴重的禮品。我沒見過　　　　　　90
　　　　　這麼體面的愛情使者。
　　　　　明媚的四月春天預告著
　　　　　花繁葉茂的夏日就在眼前，
　　　　　也不及這位使者來得可愛。

波　點　　請你閉嘴吧，我真擔心　　　　　　　　95
　　　　　你要說他是你的親戚呢——

4　波點順著信差的「我家小姐」而開他一個玩笑（參見各家注）。Mahood
　　指出這是伊利莎白時代劇場常用的回嘴（riposte）。

　　　　　　聽聽你這套美麗的說辭。
　　　　　　來，來，尼麗莎，我迫不及待要見
　　　　　　邱比特的使者，如此規矩體面。
尼麗莎　　愛神哪，希望巴薩紐是你心中所願。　　　　100

　　　　　　　　　　　　　　　　　　　　眾下。

第三場

【第一景】

索拉紐和撒拉瑞諾上。

索拉紐　　喂，交易所有什麼消息？

撒拉瑞諾　唉，聽說安東尼有一艘滿載的船在英法海峽觸了
　　　　　礁；聽說那地方叫做古德塭——是個非常危險的沙
　　　　　洲，會要命的，據說許多大船的屍體都埋葬在那裡，
　　　　　如果小道消息靠得住的話。　　　　　　　　　　5

索拉紐　　但願那嚼舌根的像三姑六婆一般，胡扯一通，要人
　　　　　家相信她是在爲第三任死掉的老公落淚。不過，閒
　　　　　話少說，言歸正傳，眞的那善良的安東尼，那眞誠
　　　　　的安東尼——哎呀我找不到一個好稱呼可以跟他的
　　　　　名字相配！——　　　　　　　　　　　　　　10

撒拉瑞諾　好啦，你有完沒完？

索拉紐	嘿，你這什麼意思？唉，結果就是完啦，他已經損失一艘船啦。	
撒拉瑞諾	但願他的損失到這裡就算完結。	
索拉紐	我得趕緊說一聲「阿們」，免得我的禱告被魔鬼破壞——你看他扮成猶太人的模樣來啦。	15

夏洛上。

	怎麼樣了，夏洛，商場上有什麼消息啊？	
夏洛	你們知道的嘛，沒有人更清楚，沒有人比你們更清楚，我的女兒遠走高飛啦。	
撒拉瑞諾	那倒是真的；我嘛，那個幫她製作翅膀飛走的裁縫我認得。	20
索拉紐	而夏洛嘛，他知道小鳥的翅膀已經硬啦，當然她可以自己作主。	
夏洛	她要因此受到咒詛 [1]！	
撒拉瑞諾	那倒是真的——假如是由魔鬼來審判。	25
夏洛	我自己的血肉竟然不服管教！	
索拉紐	什麼話，老不羞的！這麼大歲數了肉體還會不服管教 [2]？	
夏洛	我是說我女兒是我的血我的肉。	
撒拉瑞諾	你的肉跟她的肉不同，超過黑炭跟象牙的區別；	30

1　索拉紐前一句話「自己作主」，原文是leave the dam（離開母鳥）；夏洛用諧音的damned（受到咒詛）回應。譯文以「作主」諧音「咒詛」。

2　索拉紐故意曲解夏洛的意思，把「血肉（＝子女）竟然不服管教」解釋成肉慾無法控制或陰莖勃起（參見各家注）。

你們兩人的血不同，超過紅酒跟白酒的區別。不
過，說真的，您可聽說安東尼在海上有沒有損失？

夏洛 說起來又是一樁倒楣的買賣：一個破產、揮霍無
度的傢伙，不敢在交易所露臉啦；乞丐一個，從
前在市場上衣履光鮮。叫他當心他的契約。他以 35
前愛說我放高利貸；叫他當心他的契約。他以前
愛發基督徒的善心，無息貸款；叫他當心他的契
約。

撒拉瑞諾 怎麼，如果他付不出錢，我想你也不至於要他的
肉吧。他的肉有什麼用呢[3]？ 40

夏洛 用來釣魚啊；就算不能用來餵別的，也可以餵餵
我的仇恨。他曾經羞辱我，擋了我的財路不知有
多少，嘲笑我的損失，譏諷我的獲利，鄙視我的
民族，阻撓我的生意，離間我的朋友，激怒我的
敵人──而他的理由是什麼呢？我是個猶太人。 45
猶太人就沒有眼睛嗎？猶太人就沒有雙手、沒有
五臟、沒有身體、沒有感覺、沒有慾念、沒有情
感嗎？不是跟基督徒吃同樣的食物，被同樣的武
器傷害，為同樣的病痛所苦，用同樣的方式治
療，受同樣的冬夏寒熱嗎？你們刺傷我們，我們 50
難道不會流血？你們搔我們的癢，我們難道不會
笑？你們毒害我們，我們難道不會死？那你們對

3　參看前文第一場，第三景154-58行夏洛的話。

不起我們，我們難道不會報復？假如我們在別的
方面跟你們一樣，我們在那一方面也是一樣。假
如是猶太人對不起基督徒，基督徒會如何謙卑[4]？　55
報復。假如是基督徒對不起猶太人，按照基督徒
的榜樣，猶太人該如何容忍？當然是報復囉！你
們教給我的惡行，我會依樣畫葫蘆，而且一定青
出於藍而勝於藍。

　　　　安東尼的一個僕人上。

僕人　　　二位先生，我的主人安東尼在家裡，想跟二位說
　　　　話。　　　　　　　　　　　　　　　　　　　　　60

撒拉瑞諾　我們到處在找他呢。

　　　　杜保上。

索拉紐　又來了一個他的族人；再也找不到第三個可以跟
　　　　他們匹配的了，除非是魔鬼自己變成了猶太人。

　　　　　　撒拉瑞諾、索拉紐及僕人下。

夏洛　　怎麼樣了，杜保，熱那亞可有消息？你找到我女
　　　　兒了嗎？　　　　　　　　　　　　　　　　　　65

杜保　　我所到之處，常常聽人說起她，卻找不到她。

夏洛　　哎呀你看，你看，你看看！不見了一顆鑽石，是
　　　　我在法蘭克福[5]花了兩千塊金幣買的！猶太人受

4　謙卑：謙卑是耶穌基督的重要教導。
5　法蘭克福：每年9月，在這裡有有著名的珠寶大展（參見Halio，
　　Mahood注）。

到的咒詛[6]，現在才真是應驗了；我現在才感受
到了。光那顆就值兩千塊金幣，還有其他貴重的　　70
珠寶！我情願女兒死在我跟前，那些珠寶掛在她
耳朵上：情願她的靈柩停在我跟前，那些金幣在
她的棺材裡。沒有他們的下落，怎麼會呢？也不
知道花了多少錢來追查。哎呀，真是雪上加霜
——小偷盜走了那麼多，又花了那麼多去找小　　75
偷，還沒有找到，沒有報復，也沒有哪一件倒楣
事不是落在我肩膀上，沒有哪一聲嘆息不是出自
我的口，沒有哪一滴眼淚不是我在流！

杜保　　怎麼會呢，別人也有倒楣的。我在熱那亞聽說安
東尼——　　　　　　　　　　　　　　　　　80

夏洛　　什麼，什麼，什麼？倒楣，倒楣？

杜保　　——有一艘大船從特里波里出航，沉了。

夏洛　　我感謝上帝，我感謝上帝。是真的嗎，是真的嗎？

杜保　　是歷劫歸來的水手跟我說的。

夏洛　　我謝謝你，好杜保；好消息，好消息！哈，哈，　　85
在熱那亞聽說的。

杜保　　您的女兒，我聽說，在熱那亞一個晚上就花掉80
塊金幣！

6　　Bevington注：指上帝對猶太人的咒詛，例如埃及的瘟疫（事見《聖
　　經‧出埃及記》7-11）。Mahood認為可能是指基督預言耶路撒冷的
　　毀滅（《聖經‧馬太福音》23-38），但夏洛是猶太教徒，不相信新約。
　　比較合理的推測應該是《聖經‧申命記》28-68的各項咒詛。

夏洛	你這是一把利刃刺進我胸膛;我再也別想見到我
	的金子了。一口氣就是80塊金幣!80塊金幣! 90
杜保	有好幾個安東尼的債主跟我回到威尼斯,說是他
	非得破產不可。
夏洛	那我太高興了。我不會放過他的,我要折磨他。
	真爽。
杜保	其中一個拿了一個戒指給我看,是他用一隻猴子 95
	跟您女兒換的。
夏洛	她太可惡了!你在折磨我,杜保:那是我的綠寶
	石,我還打光棍的時候,麗雅給我的 7。就是拿
	一大群猢猻來跟我換,我也不會答應的。
杜保	不過安東尼可真是完蛋了。 100
夏洛	沒錯,那倒是真的,千真萬確。去吧,杜保,替
	我雇一個警察,早兩個禮拜前先預約好。假如他
	毀約,我就要挖出他的心來,因為如果把他從威
	尼斯除掉,我就可以隨心所欲的做買賣。去吧,
	杜保,到咱們的會堂來見我。去吧,好杜保,會 105
	堂見,杜保。

兩人下。

---

7 麗雅:Leah這個名字只出現在這裡。她究竟是誰,在劇中並沒有交
代,但一般認為應該是夏洛(已故)的妻子。Michael Radford導演的
2004年電影版中,Al Pacino念到這一段台詞的時候,添了幾個字,
變成「我還打光棍的時候,**她媽媽**麗雅給我的」(I had it from Leah, *her
mother*, when I was a bachelor.),把關係說清楚。

【第二景】

巴薩紐、波點、瓜添諾、尼麗莎、還有他們的僕從上。

波點　　請您稍安勿躁，等個一兩天
　　　　再來賭賭運氣，因為如果選錯了，
　　　　我會失去您的陪伴；再忍一忍吧。
　　　　我有預感——但這不是愛情——
　　　　我不會失去您；而您自己也明白，　　　　　　　5
　　　　嫌惡是不會給我這種感覺的。
　　　　但是，要不是怕您誤會了我——
　　　　黃花閨女只能心裡想不能嘴上說——
　　　　我情願把您留在這裡個把月，
　　　　再讓您為我冒險。我可以教您　　　　　　　　10
　　　　怎麼選才對，但我就會發了假誓。
　　　　我絕不會做。那您就可能選不到我；
　　　　果真如此，您會使我希望自己犯罪，
　　　　悔不當初沒發假誓。只怪您那雙眼睛！
　　　　迷惑了我，把我分成了兩半：　　　　　　　15
　　　　一半的我屬於您，另一半也還是您的——
　　　　該說屬於我：但若是我的就是您的，
　　　　因此全都屬於您。可恨的世代，

	不讓主人行使他們的權力！因此	
	雖屬於您，卻不是您的。萬一如此，	20
	就讓命運之神下地獄吧，我可不要 [1]。	
	我話說多了，卻是爲了拖延時間，	
	添加時間，把時間拉長，	
	耽擱您的選擇。	
巴薩紐	還是讓我選吧，	25
	因爲這個樣子，活像是在受酷刑。	
波點	受酷刑，巴薩紐？那您得招認	
	您的愛裡摻雜了什麼大逆不道 [2]？	
巴薩紐	無非就是醜陋的焦慮在心頭，	
	害我擔心得不到我的愛。	
	要是叛逆跟我的愛有什麼瓜葛，	30
	白雪跟熱火也可以和平相處。	
波點	啊，只怕這是在酷刑之下的招供，	
	逼急了男人什麼話都說得出口。	
巴薩紐	饒我一命，我就實話實說。	
波點	那，說實話，就饒你。	
巴薩紐	「說實話，我愛你」 [3]	35
	會是我確確實實全部的供詞。	

1　波點說她不願因爲發假誓而下地獄。
2　意謂巴薩紐一定是做了叛逆不忠的事才會受到酷刑。
3　說實話……我愛你：波點和巴薩紐說的原文分別是confess and live，
　以及confess and love，都是改動俗話confess and be hanged（說實話，
　吊死你）（Halio注）。

啊幸福的折磨，因爲折磨我的
也教導我如何獲得解脫！
不過，帶我去匣子那裡找運氣吧。

波點　那就出發！我被關在其中之一：　　　　　　40
您要是眞心愛我，就會找得到我。
尼麗莎你們，大家站遠一點。
在他選擇的時候，把音樂奏起來；
他若失敗了，就如天鵝之死，
消逝在音樂聲中[4]。把這個比喻說得　　　　　45
更恰當些，我的眼睛會是江河，
他臨終的水床。也許他會成功，
那時候，是什麼音樂呢？那時音樂
會是一陣花腔，因爲忠貞的百姓
要向新加冕的國王鞠躬。這就好比　　　　　　50
大亮時分，那甜美的聲音
緩緩流入猶在夢中的新郎耳裡，
召喚他去成婚。現在他走過去，
猶如年輕的赫糾力上去拯救
特洛國王哀號聲中要獻給海怪　　　　　　　　55
的處女祭品[5]，他也同樣英挺俊秀，

4　傳說天鵝臨死之前會唱歌。
5　希臘神話中，特洛(Troy)國王勞美頓(Laomedon)受海王之命，須以
　女兒赫詩安妮(Hesione)獻祭海怪。赫糾力士救出赫詩安妮，但是所
　得的獎賞不是美人，而是一對神駒(參見各家注)。

卻更加情濃意密。我是那祭品。
旁邊站著的是特洛國的婦女，
淚眼濛濛，前來觀看這英雄
救美的結果。去吧，赫糾力士！ 60
你活命，我才活命。我做壁上觀，
心驚膽顫，遠超過你在場上作戰。

奏樂。巴薩紐對著匣子自言自語的同時，歌聲揚起。

借問愛情何綿綿——
是因兩情相悅心相連，
還是姻緣註定在於天[6]？ 65
　　快說，快說。
情人眼裡出西施[7]，
情人眼裡西施逝，

6　這首歌的前三行原文是：Tell me where is fancy bred, / Or in the heart,
　　or in the head? / How begot, how nourishèd，比較忠實的中譯應爲：「愛
　　情何處調教出來，／是在心裡，抑或腦海？／如何產生，如何培栽？」
　　有些批評家認爲，這三行行尾的bred, head, -shèd恰好跟lead（鉛）押
　　韻，因此波點（或是尼麗莎）可能是藉此暗示巴薩紐如何做正確選
　　擇。（Lichtenfels更指出歌詞以七音節寫成，跟波點父親寫在紙捲上
　　的相同；但是巴薩紐此刻還沒有見到紙捲上的詩文。）當然也有持反
　　對意見的（參見各家注）。
　　　Halio引用Brown見解，認爲這首歌另有戲劇目的：一來避免第三次
　　念匣子上面鐫的文字，二來增加場面的莊重與期待，三來也讓觀衆
　　對巴薩紐隨後長達34行的台詞有所準備。
　　譯文因此稍改文意，使韻腳跟「鉛」押韻，以便保持這個趣味。
7　原文It is engendered in the eyes：傳統認爲愛情由眼睛進入（Maus注）。

天長地久只一時。

大家來敲愛的喪鐘。　　　　　　　　70

我起個頭——叮叮、咚咚。

眾人　　叮叮、咚咚。

巴薩紐　看來外表最難顯示它的內在：

我們總是被裝飾的物品欺瞞。

法庭裡，敗壞墮落的抗辯，　　　　75

只消用慈善優雅的言語調劑，

誰不能把邪惡遮掩？宗教上，

哪一樣重大過犯沒有假道學

引經據典加以祝福，予以支持，

用美麗的裝飾納垢藏污？　　　　80

有哪個壞人會那麼老實，

不穿戴道貌岸然的服飾？

多少個懦夫，他們心虛得像

沙子堆成的階梯，嘴上卻留著

赫糾力士或戰神的鬍鬚。　　　　85

剖開膛肚，他們的肝白得像奶 [8]，

這些人裝飾了威武的虬髯，

不過為了嚇唬別人。細看那美貌，

原來靠著依量計價的東西 [9]，

8　肝白得像奶：原文是 livers white as milk。伊利莎白時代的人認為肝臟是勇氣的所在；沒有血色的肝表示怯懦（參見各家注）。

這就造成了自然界的一項奇蹟： 　　90
粉塗得越厚重，人變得越輕浮。
那蛇一般的金色卷髮也一樣，
在風中大膽的嬉戲調情，
好個金髮美人：卻每每是
來自另一個頭顱，原先的主人 　　95
是躺在墳墓裡的骷髏[10]。
可見裝飾品只是欺騙的海岸，
誘人進入最危險的大海；是美麗的
圍巾，遮掩住黑妞；總之，
狡詐的時代用它以假亂眞， 　　100
騙智者上當。因此你這耀眼的金，
麥達斯堅硬的食物[11]，我才不要你呢。
也絕不要你，你這蒼白庸俗，眾人的
奴才[12]。可是你，你這寒傖的鉛，
雖然並不討喜，反而令人畏懼， 　　105
你的黯淡感動了我，勝過巧語花言：
這就是我的選擇。只求天從人願！

波點　　（旁白）其他的情緒一股腦煙消雲散：
種種疑慮，還有輕率的絕望，

（續）
9　指化妝品，見下兩行。
10　意指美人所戴爲假髮。
11　麥達斯（Midas）是希臘神話中一個國王，向太陽神阿波羅求得點物成
　　金的本事，所以他的食物也成了金。
12　意指銀是通用的錢幣。

還有恐怖戰慄，還有沒來由的妒忌！ 110
愛情啊，你要溫和節制，不可欣喜若狂，
慢慢地澆灌你的喜悅，切莫這般過分！
我感受到你太多的祝福：減少一些吧，
只怕我得到過量。

　　　　　　巴薩紐打開鉛匣。

巴薩紐　　　　　　　這裡面是什麼？
美麗波點的畫像！哪一位畫神 115
畫得如此唯妙唯肖？眼波會流轉？
還是因為隨著我的眼珠
才好像在動？這兩片嘴唇輕啟，
吐露出甜美的氣息；這香氣竟然
分隔了這對芳唇。為了這頭秀髮， 120
畫師扮演蜘蛛，編織了一個
金色的網羅來誘捕男人的心，
快過蜘蛛網誘捕蚊蟲。但這兩眼——
他怎麼畫得出來？畫好了一個，
應該就會奪去他自己的雙眼， 125
這隻眼就沒有伴了。然而正如
我真實的讚嘆內容貧乏，對不起
這幅影像，同樣的，這幅影像
比起真人也差得太遠。紙捲在此，
裡面包藏了對我命運的判決。 130

　　　　讀紙捲。

您做選擇不憑外表[13]，

選得正確，冒險得好。

既然好運讓您得到，

就該滿足，白頭偕老。

對此結果若是歡欣，　　　　　　　　　135

接受好運，當作天恩，

轉身面對您的夫人，

獻上愛吻，情定終身。

好個溫柔的紙捲！我的美人，恕我大膽，

我遵守約定[14]，既來接受也來償還。　　　140

像是兩人參加競賽，其中一位

聽到了掌聲和全場如雷歡呼，

猜想觀眾滿意自己的表現，

卻一陣頭昏眼花，還傻瞪著眼，

不知那響聲是否給他的鼓勵——　　　145

同樣的，大美人，我站在這裡，

不知看到的是假還是眞，

除非有您認證、簽署、批准[15]。

波黠　　您看我，巴薩紐大人，站在這裡，

13　本詩也是每行七個音節爲主，分押兩韻。譯文從之。

14　Bevington注：約定（原文note）猶如借據。類似的商業用語隨後還會
　　陸續出現。

15　一連串商業用語。

這就是我。雖然為我個人著想， 150
我不會野心勃勃地許願
希望自己好上加好，可是為了您
我願自己好上二十乘三倍，
有一千倍的美麗，一萬倍的
財富，好叫我在您的評價上， 155
無論品德、美貌、財產、朋友
都超出估算。然而我的總值
只是我這個人而已：說來只是個
沒見過世面的女子，沒學識，沒經驗。
可慶幸的是，她的年紀不算太大， 160
還可以學習；更可慶幸的是，
她天資不算駑鈍，還能夠學習；
最可慶幸的是，她脾氣溫柔，
願意交託給您親自指點，
當她的主人、長官、國王。 165
我自己和我的一切，現在都
變成您的。前一分鐘我還是
這美麗宅邸的主人、僕人的東家、
自己的女王；而現在，這一刻，
這房子、這些僕人、還有我自己 170
都屬於您，我的主人。我連這戒指一併交出；
要是您把它捨棄、遺失、或送人，
那就預告您的愛情破產，

	我可就有機會來責怪您。	
巴薩紐	小姐，您害我無言以對了。	175
	唯有我的血液在向您傾吐，	
	我的體內是一團混亂，	
	好比受到愛戴的君王	
	剛剛講完精彩的演說，	
	高興的群眾吵吵嚷嚷，	180
	每個人的話混合成了	
	無意義的嘈雜，只是把高興	
	表達，或無法表達。但這戒指若是	
	離開這手指，我的命也會離開世界：	
	那時候啊，儘管說巴薩紐死了！	185
尼麗莎	老爺、小姐，我們站在旁邊眼看著	
	所願實現，現在輪到我們	
	高呼「恭喜」。恭喜，老爺、小姐！	
瓜添諾	巴薩紐大人，還有溫柔的小姐，	
	我祝兩位想多幸福就有多幸福；	190
	我們的幸福不會因此減少[16]。	
	等你們要舉行海誓山盟的	
	大典的時候，懇求兩位	
	同意也讓我在那個時候結婚。	

---

16 原文For I am sure you can wish none from me.可另解為：我對您的祝福無法超過您們自己的祝願(Benvington注)，也就是：您不需要我的祝福(Maus注)。

巴薩紐	樂意之至，只要你找得到老婆。	195
瓜添諾	謝謝大人，您替我找到了一位。	
	我的眼睛，大人，跟您的一樣靈活：	
	您看上了小姐，我瞧見了丫鬟。	
	您談情，我說愛；您沒耽誤時辰，	
	大人，我也沒浪費光陰。	200
	您的命運繫於那些個匣子，	
	到頭來我的命運也一樣。	
	為了追求，我使出渾身解數，	
	指天誓日宣告我的愛情	
	到口乾舌燥的地步，總算是得到	205
	這位美人兒答應——如果答應算數的話——	
	可以贏得她的芳心，假如您有幸	
	得到她的小姐。	
波黠	真是這樣嗎，尼麗莎？	
尼麗莎	是的，小姐，只要您肯同意。	
巴薩紐	您呢，瓜添諾，您可是真心誠意？	210
瓜添諾	確實誠心，大人。	
巴薩紐	我們的喜宴將因此更加光彩。	
瓜添諾	咱們跟他們賭一千金幣，看誰早生貴子。	
尼麗莎	怎麼，現在就要下賭注啦？	
瓜添諾	不行，堵住了那話兒[17]，咱們還想贏嗎？	215

17　賭注／堵住：原文stake down，尼麗莎意指賭博時下注，但瓜添諾故
　　意曲解成陰莖不舉（參見各家注）。譯文顛倒陰陽，以存其趣。

咦，是誰來了？羅仁佐跟他那異教徒[18]！
什麼，還有我的威尼斯老友撒雷瑞歐！

羅仁佐、潔西可，以及來自威尼斯的信差撒雷瑞歐上。

巴薩紐　　羅仁佐、撒雷瑞歐，歡迎光臨——
　　　　　假如我因剛才獲得的地位
　　　　　有權歡迎你們的話。請您，　　　　　　　　220
　　　　　親愛的波點，讓我向我的好友
　　　　　和鄉親表示歡迎。

波點　　　　　　　　　　　　大人，我也一樣。
　　　　　十分歡迎他們。

羅仁佐　　謝謝您。至於我嗎，大人，
　　　　　我原不是要來這裡見您的，　　　　　　　　225
　　　　　但在路途中遇見了撒雷瑞歐，
　　　　　是他不由分說硬是拉我
　　　　　跟他一塊兒來。

撒雷瑞歐　　　　　　　沒錯，大人，
　　　　　這是有道理的。(呈信)安東尼先生
　　　　　向您致意。

巴薩紐　　　　　　　先不忙著拆信，　　　　　　　230
　　　　　請告訴我，我那好朋友可好？

撒雷瑞歐　　不算生病，大人，除非是心病，

18　那異教徒：指潔西可。值得注意的是，此後一直到這一景結束，沒
　　有一個基督徒正式介紹潔西可，也沒有人稱呼她的名字。潔西可明
　　顯是個外人；她的唯一台詞是告自己父親的狀(見283-89行)。

也不算硬朗，除非在心裡：

他那封信裡有他的近況。

　　　　　　　巴薩紐折信。

| 瓜添諾 | 尼麗莎，你去歡迎那個外人[19]。 | 235 |

握個手，撒雷瑞歐；威尼斯近況如何？

那位商業鉅子，好安東尼怎樣了？

我知道他會為我們的成功高興；

咱是那傑生，咱拿到金羊毛啦[20]。

| 撒雷瑞歐 | 你們要是拿到他失去的金羊毛就好了。 | 240 |
| 波點 | 那封信的內容看來不妙， | |

奪走了巴薩紐臉上的血色：

想必是親愛的朋友過世，不然天下

有什麼能叫一個穩重的人這樣

大驚失色？什麼，越來越糟了？　　　245

拜託，巴薩紐，我是您的另一半，

因此也要平分這一封信裡

帶給您的消息。

| 巴薩紐 | 　　　　　啊親愛的波點， | |

說到白紙黑字，最令人難受的

莫過於這幾行了。溫柔的小姐，　　　250

我最先向您表白愛情的時候，

19　外人：指潔西可。原文 stranger 可以是說「陌生人」或「外邦人」或
　　「外地人」（參見各家注）。

20　傑生與金羊毛：參見第一場第一景170行注。

老實告訴過您，我的一切財富
都在於我的血液：我是個紳士。
那是實話實說；然而，親愛的小姐，
即使說我一文不名，都還算是　　　　　　　255
打腫臉充胖子。我告訴過您
我一無所有，我當時就該說，
我比一無所有還慘，因為我
把自己抵押給一個親愛的朋友，
把那朋友抵押給他的死對頭，　　　　　　　260
替我籌措盤纏。小姐，這封信，
信紙就像我朋友的身體，裡面
每一個字都是裂開的傷口，流著
生命的血。但，這是真的嗎，撒雷瑞歐？
他血本無歸嗎？什麼，沒有一艘船回來？　　265
從特里波里、從墨西哥、還有英國，
從里斯本、巴巴里、還有印度，
就沒有一艘躲得過那毀壞商船的
可怕岩石？

撒雷瑞歐　　　　　　　一艘都沒有，大人。
而且，看起來就算他現在　　　　　　　　　270
有錢可以償還那猶太人，
那人也不會接受。我還不曾見過
有誰像他，長得人模人樣，
卻狠心貪婪只想害死別人。

	他每天早晚只歪纏著公爵，	275
	說是如果不還他一個公道，	
	就要告政府沒有能力維護	
	做買賣的自由。有20位商人，	
	還有公爵自己和最具聲望的	
	大人物都來跟他理論過，	280
	但沒一個說得動：他惡毒的	
	堅持要法律、公道、他的契約。	
潔西可	我在家的時候，聽見過他	
	向他的族人杜保和屈斯發誓 [21]，	
	說是情願要安東尼的肉	285
	也不接受欠款總額的	
	20倍；我也知道，大人，假如	
	法律、權威、勢力都不管用，	
	可憐的安東尼就要遭殃了。	
波黠	捅出這漏子的，可是您親愛的朋友？	290
巴薩紐	我最摯愛的朋友，秉性最為	
	仁慈、最是善良，最是	
	急公好義；古羅馬人的光榮	
	在他的身上顯現，放眼當今的	
	義大利，沒有一個比得上他。	295
波黠	他欠那猶太人多少錢？	

21　他的族人：潔西可已經不再認同自己原來的猶太人身分。

巴薩紐	為了我，借了三千金幣。
波點	什麼，就這麼點？

還他六個三千，取消那契約。
六千再加倍，再乘個三倍，
也絕不能讓這樣的朋友　　　　　　　　　　300
因巴薩紐的錯而有毫髮損傷。
先跟我去教堂，叫我一聲夫人，
然後就去威尼斯找您的朋友！
因為我不會讓您躺在我身畔，
卻良心不安。會給您金子，足夠　　　　　　305
償還那筆小債務20倍有餘。
還了債，帶您那忠實的朋友回來。
我的女伴尼麗莎跟我自己
暫時還要做閨女寡婦。請動身，
您必須在大喜的日子出門。　　　　　　　　310
把您的朋友安頓了，務必開懷；
我既重金將您買，必會殷殷把您愛 22。
不過，讓我聽聽您那朋友的信 23。

22　這一行原文 Since you are dear bought, I will love you dear. 第一個 dear
　　語意雙關：可以是「昂貴的」，也可以是「深情的」（Martin 注）。
　　波點這句話一來顯示她承認巴薩紐愛的是她的錢財，二來使她跟安
　　東尼一樣，兩人都「買下了」巴薩紐（Lichtenfels 解説）。
　　但是波點講這話是否顯得財大氣粗，不得體？根據 Mahood 注，有論
　　者認為這表示巴薩紐花了安東尼（不是波點）的大筆金錢。例如 Halio
　　注：「既然安東尼為你冒了那麼大的險，我要跟他一樣愛你。」
23　既然這封信的內容已經揭曉，而且波點也已決定要讓巴薩紐趕回威

巴薩紐　　　（讀信）「親愛的巴薩紐，我的船全都失事了，我

　　　　　　的債主們越來越兇狠，我的財產跌到谷底；我跟　　315

　　　　　　那猶太人的契約過期了；如果依約償還，我勢必

　　　　　　沒命，因此您我間的債務就此一筆勾消，只要我

　　　　　　能在死之前見您一面。話雖如此，您請自行斟

　　　　　　酌；假如您的愛²⁴不敦促您來，就別讓我這封信

　　　　　　催逼。」

波點　　　　喔唷，愛²⁵！快辦完事情上路吧²⁶。　　　　　　　　320

巴薩紐　　　既然已經得到您的恩准，

　　　　　　我會快馬加鞭。但是回來之前

　　　　　　我不會在床上睡得安穩，

　　　　　　也不讓休息耽擱我倆的纏綿。

　　　　　　　　　　　　　　　　　　　　　　　眾下。

（續）

　　　　尼斯去搭救安東尼，波點為何還做此要求？這封信在本劇的特殊意
　　　　義，請詳本書〈緒論〉及附錄一。

24　您的愛：原文 your love 可以指巴薩紐對他（安東尼）的愛，也可以指
　　巴薩紐現在的愛人波點。

25　喔唷，愛：波點呼應前文「您的愛」，似乎警覺到「愛」的複雜。

26　事情：指婚禮。

【第三景】

猶太人夏洛，以及索拉紐、安東尼和獄卒上。

夏洛　　獄卒，看好他。別跟我談什麼慈悲。
　　　　這就是放貸不收利息的那個傻瓜。
　　　　獄卒，看好他。

安東尼　　　　　　　請聽我說，好夏洛——

夏洛　　我要根據契約，別叫我放棄約定；
　　　　我已經發過誓要遵守契約。　　　　　　　　5
　　　　你毫無理由就罵我是狗，
　　　　既然我是狗，就防著我的尖牙利齒。
　　　　公爵一定要給我公道。我不懂，
　　　　你這沒用的獄卒，怎麼會蠢到
　　　　因為他請求就讓他跑出來。　　　　　　　　10

安東尼　請您聽我說——

夏洛　　我要照契約來；我不要聽你說；
　　　　我要照契約來，所以不必再說了。
　　　　我不是那軟趴趴有眼無珠的傻瓜，
　　　　搖搖頭，回心轉意，嘆口氣，就順從　　　　15
　　　　說情的基督徒。不要再跟了！
　　　　我不要聽，我要根據契約。

下。

索拉紐	跟人相處的狗兒裡，沒有比它 更為頑固無情的。
安東尼	隨他去吧。

我不要再跟著他做無謂的請求。　　　　　　20
他要我的命，他的理由我很清楚：
常常有人來向我呻吟哀求，
我就搭救他們免受他的處罰；
因此他恨我。

索拉紐	我相信公爵

絕對不會讓這個處罰成立的。　　　　　　25

安東尼	公爵不能攔阻法律的程序；

要知道，外國人在我們威尼斯
享受的權利，如果不給他們，
會大大損害政府的公信力，
因為本城的貿易還有收入　　　　　　30
全靠對各國平等待遇。所以，走吧。
這些個憂愁、損失害我消瘦得
明天簡直拿不出一磅肉
來給我那狠心的債主。
算了，獄卒，走吧。只願神讓巴薩紐　　　35
回來看我替他還債，別無所求。

同下。

【第四景】

波點、尼麗莎、羅仁佐、潔西可，以及波點的僕人包沙
則上。

羅仁佐　　夫人，我不妨當著您的面直說，
　　　　　您確實高貴而眞誠地了解
　　　　　至尊的友誼，從您如此寬容
　　　　　您夫君出門，看得清楚不過。
　　　　　但您若知道有這份榮幸的是誰，　　　　5
　　　　　您派去救急的是何等的君子，
　　　　　是您夫君何等親愛的人物，
　　　　　相信您會爲這件事感到自豪，
　　　　　勝過您一貫的慷慨大方。

波點　　　我從來沒有因行善而後悔，　　　　　10
　　　　　現在也不會；因爲朋友之間
　　　　　若是能談得投機，共度光陰，
　　　　　彼此內心裡惺惺相惜，
　　　　　他們的容貌、舉止、性情
　　　　　必然也一定是匹配相當；　　　　　　15
　　　　　因此我想這位安東尼，
　　　　　既是我夫君摯愛的朋友，

必然跟我的夫君相像。這樣，
把我夫君的副本買回來，
免受地獄般的殘酷待遇，　　　　　　　　　　20
我的花費眞是微不足道！
這樣說來有點像在自誇，
就此打住。還有別的吩咐。
羅仁佐，我請您幫忙
照顧打理我家中一切，　　　　　　　　　　25
直到我夫君回來；我自己呢，
我向老天偷偷地許過願，
要過一段祈禱、默想的日子，
只有這位尼麗莎陪伴我，
直到她丈夫和我夫君回來。　　　　　　　　30
兩哩之外有一座修道院，
我們就住在那裡。還望您
不要拒絕我這不情之請；
如此強求，出於我的友誼，
也有不得已的苦衷。

羅仁佐　　　　　　　　　　　　　夫人，　　　　35
我全心聽候您一切的吩咐。

波點　　我的家小已經知道我的心意，
他們會把您和潔西可當作
巴薩紐大人和我自己一般。
那麼就此暫時告別，再會。　　　　　　　　40

羅仁佐	但願您快快樂樂開開心心。
潔西可	敬祝夫人一切稱心如意。
波黛	謝謝您的祝福，我也樂於
	同樣祝福您：再會了，潔西可。

　　　　　　　　　　　　　　　　潔西可和羅仁佐下。

波黛	好了，包沙則——[1]	45
	我知道你一向忠誠老實，	
	你要繼續這樣；拿了這封信，	
	竭盡一切可能的辦法，	
	火速趕到帕都瓦。把它交到	
	我表哥貝拉瑞歐博士的手裡；	50
	無論他交給你什麼文件服裝，	
	都請用最快的速度帶到	
	渡口，帶上往返威尼斯的	
	公共渡輪。不要浪費時間說話，	
	儘管去吧；我會先到那裡等你。	55
包沙則	夫人，小的自會拿捏分寸。　　　　下。	
波黛	來，尼麗莎，我手頭有件差事，	
	妳還不知道呢。咱們去會丈夫，	
	不必等他們想念。	
尼麗莎	他們會見到咱們嗎？	
波黛	會的，尼麗莎，但咱們要打扮得	60

1　Mahood注：「這裡的斷行(broken line)讓羅仁佐和潔西可有時間下
　　場，也讓包沙則有時間走上台前。」

讓他們以爲咱們有那個
其實沒有的東西[2]。我跟妳打賭，
等咱倆穿上少年郎的裝扮，
我會是比較俊俏的那位，
我佩起短刀也比妳雄姿英發，
我扯著還未成年的嗓子[3]
尖聲說話，把兩個蓮花碎步
併做一個昂首闊步；談起打架
活像愛吹牛的小夥子；胡扯些
什麼體面的小姐來追求我，
因爲被我拒絕而香消玉殞——
不能怪我。然後我就懺悔說，
話雖如此，倒希望沒害死她們；
像這類小謊言我會說上20個，
讓人家深信我絕對不是個
乳臭未乾的小子。我腦子裡
還有千百個這些淘氣的點子，
要搬出來。

尼麗莎　　喲，要幹男人哪[4]？

2　那個其實沒有的東西：暗指男性生殖器(參見各家注)。

3　還未成年的嗓子：莎士比亞時代，劇中女角慣例由還未變嗓音的男孩飾演。

4　幹男人：原文是shall we turn to men? (turn to = turn into)。尼麗莎的本意是：咱們要變男人嗎？但波黠故意把turn to曲解爲「轉向」= turn toward，含有「勾引」(sexually invite) 或「陪睡」(lying next to)之

波點　　呸，妳這是什麼話——
　　　　萬一旁邊有個大嘴巴呢！　　　　　　　　　80
　　　　好啦，我會把所有的計畫
　　　　在馬車上跟妳說。車在園子門口
　　　　等著我們呢；所以動作要迅速，
　　　　我們今天得趕20哩的路。

　　　　　　　　　　　　　　　　　　　同下。

【第五景】

丑角藍四籮和潔西可上。

藍四籮 是啊說眞的，您看，老子的罪過要報應在兒女身上。所以我敢說，我替您擔心哪。我跟您向來有話直說，現在就把我的心事說了。所以您不要難過，因爲我眞的認爲您非下地獄不可。只有一個指望，而那也不過是個冒牌的指望。 5

潔西可 請問那是什麼指望？

藍四籮 沒錯，您可以指望您的老爸沒有生下您，指望您不是那猶太人的女兒。

潔西可 那可眞是叫冒牌的指望；這一來我母親的罪過要報應在我的身上囉。 10

藍四籮 沒錯，所以呀，我只怕您會爲了您的父母而被罰到地獄裡去；這一來您躲過了您老爸那妖怪，卻掉進您老媽的漩渦裡[1]。唉，您橫豎是要下地獄了。

潔西可 我會因我丈夫而得救；他已經使我成爲基督徒了。

1　妖怪……漩渦：希臘神話裡，尤里西斯（Ulysses）必須通過妖怪西拉（Scylla，有6個頭，12隻腳）和Charybdis漩渦之間狹窄的海域。因而有between Scylla and Charibdis的成語，意思是左右爲難、腹背受敵。掉進您母親的漩渦裡：「漩渦」暗指女性生殖器（參見Bevington注）。

| 藍四籬 | 說眞的，這又是他的錯；咱們基督徒本來就夠多了，多得快要擠不下了。像這樣製造基督徒會使豬肉漲價的；假如人人都吃豬肉，沒多久有錢也買不到一片薄薄的燻肉啦 [2]。 | 15 |

羅仁佐上。

潔西可	藍四籬，我要把您說的話告訴我丈夫：他來了 [3]。	
羅仁佐	藍四籬，我馬上就要吃醋囉，像您這樣把我太太拉到角落裡。	20
潔西可	不，羅仁佐，您不必擔心：藍四籬跟我鬧翻了。他竟斷然地說，天堂裡沒有我的份，因爲我是猶太人的女兒；他還說您不是社會的好公民，因爲您把猶太人變成基督徒，害得豬肉價格上漲。	25
羅仁佐	這一點我還比較容易跟社會交代，倒是您把那黑妞的肚子弄大，該怎麼說呢？那摩爾人因爲您而懷了孕，藍四籬。	
藍四籬	要是說那摩爾人磨啊磨啊就大了起來，未免太過分；但是說她不太守婦道，我已經是抬舉她，琢磨錯啦 [4]。	30
羅仁佐	隨便一個小丑都會耍嘴皮！我看最有天分的才子很快就要啞口無言，只有學舌的鸚鵡會受到稱	

2　按：猶太教徒不吃豬肉。參見本書譯文頁21，注5。
3　在以下幾段對話中，潔西可和羅仁佐用比較尊敬、客氣的you稱呼佣人藍四籬，應該帶有開玩笑的諷刺意味。
4　原文這句話裡有Moor/more，以及more/less的文字遊戲。譯文只能以摩／磨取代。

讚。小子，進去，吩咐他們預備吃飯吧[5]。

藍四籮	已經預備好了，大人；他們的胃口都很好哇。　　35
羅仁佐	老天哪，您真是俏皮啊！那就吩咐他們去預備餐飲。
藍四籮	那也不必了，大人；只要說一聲「擺上」。
羅仁佐	那，您肯去「擺」嗎，大人？
藍四籮	我怎麼敢「擺」，大人；我是個安分守己的人。
羅仁佐	嘴皮子要個沒完！難道要把你的才華一次全都　　40 露？拜託，聽聽一個普通人的普通話：到你同夥 的人那裡，吩咐他們擺上桌椅，供應菜餚，我們 要進去吃飯啦。
藍四籮	那桌椅，大人，可以供應；那菜餚，大人，可以 擺上；至於您要進去吃飯，大人，那就要看您的　　45 高興了。　　　　　　　　　　　　　　　　下。
羅仁佐	哎喲真會咬文嚼字，用得巧妙！ 這傻瓜在他的腦子裡記住了 一大串有用的字眼；我也認識 許多笨蛋，地位比他還高，　　　　　　　　　　50 打扮跟他一樣，為了玩弄字眼 不肯把話直說。潔西可，你還好吧？ 你可喜歡巴薩紐大爺的夫人？
潔西可	喜歡得難以形容。巴薩紐大人

5　預備吃飯：原文prepare for dinner；羅仁佐原來是要藍四籮進去通知
　　廚房準備開飯，藍四籮故意曲解他的意思，因而有以下的玩笑。羅
　　仁佐只好改說「預備餐飲」（prepare dinner）。

眞的該過規規矩矩的日子，　　　　　　　　　55
因爲他的夫人既是神的恩賜，
他在人間就有了天堂的喜樂；
若在人間他當不起這恩賜，
按道理講，他也別想進天堂。
欸，假如有兩位神明在天上打賭，　　　　　60
而賭注是兩位人間的佳麗，
而波點是其中之一，另一位得有
附帶贈品才行，因爲這寒傖的世界
沒人配得上她。

羅仁佐　　　　　　　　但你得到的丈夫
　　　　是我，完美得一如她是完美的妻子。　　　65

潔西可　慢著，這得先問問我的看法。

羅仁佐　回頭再問吧；我們先去吃飯。

潔西可　不行，趁我還有胃口誇獎您。

羅仁佐　不，拜託，把它當飯桌上的話題吧；
　　　　那時無論你說什麼，我都可以和著　　　70
　　　　飯菜吞下去。

潔西可　　　　　　好吧，我來把您端上[6]。

　　　　　　　　　　　　　　　　　同下。

6　端上：原文 set you up 語意雙關：praise you（誇獎您）；dish you up（把
　　您當菜端出去）（參見各家注）。

第四場

【第一景】

公爵、威尼斯的顯要、安東尼、巴薩紐、撒雷瑞歐、瓜添
諾等人上。

公爵　唉，安東尼在嗎[1]？

安東尼　回大人，在。

公爵　我替你難過。你今天要抗辯的
　　　　是個鐵石心腸、沒有人性的畜生，
　　　　毫無同情之心，沒有一絲一毫的　　　　　　5
　　　　慈悲。

安東尼　　　　　我已經聽說
　　　　大人費盡了心思，勸他不要
　　　　這樣嚴苛；但既然他不為所動，

1　公爵這句話顯示法庭上人很多（參見Lichtenfels解說）；第十六行公
　　爵的話印證這一點。

而又沒有法律可以幫助我

逃過他的毒手，我只好用忍耐   10

來對抗他的憤怒，也做好了打算，

以逆來順受的精神，容忍

他那絕頂的殘酷和狂暴。

公爵   來人哪，去傳喚那個猶太人[2]。

撒雷瑞歐   他在門口等著呢；他來了，大人。   15

夏洛上[3]。

公爵   讓開，讓他站到我面前來。

夏洛，大家都認為，我也這麼認為，

你只是擺出這付窮凶極惡的模樣，

演到最後一刻，然後，大家認為

你會表現出慈悲和憐憫，比起你   20

看來奇特的殘酷更加奇特。

而且，雖然你現在跟他索賠，

也就是這可憐商人的一磅肉，

你不但會放棄那賠償，

而且，受到人性的善和愛感動，   25

更會免除他本金的一部分，

對最近把他壓得喘不過氣的

損失投以同情的眼光——那損失

---

2   那個猶太人：很明顯的種族歧視。但是，等夏洛進入法庭後，公爵改稱他的名字，並開始道德勸說（參見Lichtenfels解說）。

3   夏洛一個人出庭，顯示他的孤獨。

足以壓垮最有氣派的富商，

就算銅打的胸懷，石做的心腸，　　　　　　　30

就算冥頑的土耳其人，或不受教化

不懂溫柔體貼的韃靼人，

都會對他的處境表示哀憐。

猶太人，大家希望你的答覆不至於猶太[4]。

夏洛　我已經向大人表達過我的意願，　　　　　35

也在神聖的安息日發過誓，

要索取我應該得到的賠償。

假如您不答應，你們的法律，

還有本城的自由，豈不受到傷害！

您會問我，幹嘛寧可選擇　　　　　　　　40

一小塊爛肉，也不願接受

三千塊金幣。我拒絕回答，

只說是我高興嘛。這算回答了吧？

要是我的屋裡不幸有一隻老鼠，

我高興花上一萬塊金幣把牠　　　　　　　45

除掉又如何？這答案，您滿意嗎？

有人不喜歡張著大嘴的烤豬；

4　這一行的原文是：We all expect a gentle answer, Jew. 其中gentle（寬厚的）一字近似gentile（非猶太人的；基督徒的）。所以「寬厚的」也就是「基督徒式的」（參見各家注）。
　　公爵這段話裡，先是稱呼夏洛的名字，最後又稱呼他為Jew，似乎意在提醒夏洛他的非公民身分，並且有邀請他加入基督徒社會及價值觀的意思（參見Lichtenfels解說）。

有人見了貓就會抓狂；

還有人聽到風笛嗚咽的聲音

就忍不住要小便：人的喜好　　　　　　　　50

控制了他的感情，主宰那情緒

去喜歡或厭惡。說到您要的答覆：

既然是沒有肯定的理由使

某人受不了張著嘴巴的豬，

某人受不了好端端的一隻貓，　　　　　　55

某人受不了絨布包的風笛，

而做出無法避免的可恥行為，

招惹他人，只因自己受到招惹：

我也同樣沒有理由，也不願說，

除了我對安東尼的怨恨難解，　　　　　　60

厭惡難消，才會跟他打這場

徒勞無益的官司。這算答覆了吧？

巴薩紐　這種回答，你這無情的人，不能

　　　　拿來當你殘忍心態的藉口。

夏洛　　我的回答沒有必要取悅你[5]。　　　　65

巴薩紐　只要不喜歡的，非得除之而後快嗎？

夏洛　　若不是想殺死的，有誰還會去恨呢？

巴薩紐　一次冒犯，算不上深仇大恨。

夏洛　　怎麼，你會讓蛇咬你兩次嗎？

5　提問的是公爵，所以夏洛對巴薩紐的插嘴有此一答(Halio注)。
　　夏洛語氣的改變值得注意：他開始以比較輕慢的「你」稱呼基督徒。

| 安東尼 | 請記住您是在跟猶太人理論。 | 70 |

安東尼　請記住您是在跟猶太人理論。　　　　　　　70
　　　　您不如去站在大海的岸邊
　　　　叫那高漲的海水降得比平常低些；
　　　　您不如去審問那野狼，
　　　　爲什麼要害母羊爲羔羊哀鳴；
　　　　您不如去禁止山上的松樹　　　　　　　　　75
　　　　不得搖動樹頂或發出聲響，
　　　　即使是受到天風陣陣的吹刮；
　　　　您不如去做那最最艱難的事，
　　　　也別想軟化——他那堅硬無比的
　　　　猶太心腸。因此我懇求您，　　　　　　　　80
　　　　別再談什麼條件，別再想什麼法子，
　　　　只要按照規矩直截了當的
　　　　給我判決，讓那猶太人稱心。

巴薩紐　欠你三千塊金幣，這裡還六千。

夏洛　　就算那六千金幣的每一塊　　　　　　　　85
　　　　都分成六份，每一份是一塊金幣，
　　　　我也不接受；我要照契約來。

公爵　　你不憐憫，能希望別人憐憫你嗎？

夏洛　　我又不犯法，怕什麼審判？
　　　　你們當中有人買了許多奴隸 [6]，　　　　　90

6　奴隸：奴隸買賣不僅發生在威尼斯；整個歐洲，包括英國，都有。
　　1987年RSC的演出裡，夏洛說這段話的時候，抓住一名黑人侍從，
　　推他向前。這段話也顯示了這群威尼斯基督徒的偽善（Halio注；參

把他們當驢當狗當騾子，
要他們幹那卑鄙低賤的活，
因為是你們買來的。我能說，
「放他們自由！跟你們的子女成親！
幹嘛要他們流汗負重擔？給他們　　　　　　95
跟你們一樣鬆軟的床鋪，給他們
吃同樣的美食佳餚」？你們會說，
「奴隸是我們的。」我的答覆也一樣。
我向他索取的那一磅肉
是花了大錢買的；是我的，我就要。　　　100
假如你們拒絕我，去你們的法律吧：
威尼斯的法律規章沒有效力。
我要求判決。請答覆：可不可以？

公爵　　我有權力可以宣布退庭，
除非是我派人去請來斷案、　　　　　　　105
造詣深厚的貝拉瑞歐博士
今天到達。

撒雷瑞歐　　　　稟大人，就在門外
有個信差拿著那位博士的信，
剛從帕都瓦來。

公爵　　把信給我。傳喚信差上來。　　　　　110

巴薩紐　　寬心吧，安東尼！嘿，老哥，別怕！

（續）————————————————
　　見其他各家注）。

　　　　除非那猶太把我連血帶肉、連皮帶骨
　　　　都拿走，我絕不會讓你為我流一滴血[7]。

安東尼　我是羊群裡生病、閹割的羊，
　　　　該當去死；最軟弱的果子　　　　　　　　　　　115
　　　　最早落地，就讓我也這樣吧。
　　　　您最合適的任務，巴薩紐，
　　　　就是活下去寫我的墓誌銘。

　　　　　　　尼麗莎扮律師的書記上。

公爵　　您是來自帕都瓦，代表貝拉瑞歐的？

尼麗莎　回大人，正是。貝拉瑞歐向殿下請安。　　　　120

巴薩紐　你這樣磨刀霍霍是幹嘛呀？

夏洛　　好從那破產的傢伙身上割肉啊。

瓜添諾　殘忍的猶太人，磨你刀子的不是鞋底，
　　　　是你的歇斯底里[8]。沒有任何鐵器，不錯，
　　　　連劊子手的斧頭都不及你狠毒心腸　　　　　　125
　　　　一半的鋒利。你對百般懇求都無動於衷嗎？

夏洛　　沒錯，就憑你的本事絕對辦不到。

瓜添諾　啊你這萬惡不赦該下地獄的狗，
　　　　讓你活在這世上簡直沒有天理！

7　一滴血：巴薩紐這話似乎是後續劇情發展的伏筆——雖然最後結局
　　所靠的不是巴薩紐的力量（參見Halio 49）。

8　顯然這時候夏洛在鞋跟上磨刀霍霍。這句話的原文是：Not on thy
　　sole, but on thy soul, harsh Jew, / Thou mak'st thy knife keen. 其中
　　sole（鞋跟）和soul（靈魂）諧音（參見各家注）。譯文稍作變更，以存文
　　字遊戲。

你幾乎要動搖我的信仰[9]，　　　　　　　　　　130
認同畢達哥拉斯的觀念，
認為動物的靈魂能夠投胎
進入人的軀殼[10]。你那下賤的靈魂
前世屬於野狼，因咬死人而被吊死[11]，
就在絞刑台上牠的惡靈出竅，　　　　　　　　135
而正當你在骯髒的母獸懷裡，
那惡靈鑽進你身體；因為你的
心念貪婪、血腥、饞不擇食。

夏洛　　除非你能罵掉我借據上的戳記，
這麼大聲嚷嚷只會傷了自己的肺。　　　　　　140
好好修理腦筋吧，好孩子，以免
壞到不堪整修。我要的是依法行事。

公爵　　貝拉瑞歐這封信倒是推薦了
一位年輕有學問的博士給本庭：
他人在哪裡？

尼麗莎　　　　　　他就在附近等候，　　　　　　145
要看您是否准許他出庭。

公爵　　歡迎之至。派三、四個人出去

9　信仰：指基督教信仰。
10　畢達哥拉斯：Pythagoras(580?-500 B.C.E.)是古希臘的哲學家、數學
　　家、宗教家，認為靈魂會輪迴。這與基督教的主張不符（參見各家注）。
11　「放高利貸者常被稱為狼；狼在16世紀文獻裡是貪婪的符號；在歐
　　洲，直到17世紀末期，掠食性動物偶爾會受到審判、處死」(Mahood
　　注；Halio亦引用此一見解)。

客客氣氣把他迎接到這裡。

職員數名下。

趁這個時候各位聽聽貝拉瑞歐的信。

（呈信）「敬稟殿下：收到尊函的時候，我的身體　　150
十分不適；但就在您的信差到達之時，正有一位
羅馬的青年博士來探視：他的大名是包沙哲。我
把猶太人跟商人安東尼之間爭辯的來龍去脈跟他
說了。兩人共同翻閱了許多典籍；他已經知道我
的意見，再參酌他自己的博學（這方面我佩服得　　155
五體投地），經我一再央求，現在由他帶來應命。
還望殿下不要因為他年輕而輕看了他，因為像他
這般少年老成的，是我平生所僅見。敬請殿下垂
納；試用之後，自必對他更加推崇[12]。」

　　　　波點扮包沙哲博士上，數名職員隨後。

各位聽到博學之士貝拉瑞歐的信了[13]，　　　　　160
來的這位我想就是那位博士。
我們握個手。您從老貝拉瑞歐那裡過來？

波點　　　正是，大人。

公爵　　　　　　歡迎；請您就座。
您是否已經了解本庭目前

12　這封信裡，法學博士包沙哲顯然配合波點而撒了幾個謊。
13　憑這一句話，公爵要全體在場的人替波點的身分及擔任審判法官的
　　合法性背書。

	審理這案件的爭執所在？	165
波點	我已經完全知道本案的案情。	
	哪一位是那商人，哪一位是那猶太人？	
公爵	安東尼和老夏洛，都站到前面來。	
波點	您的名字是夏洛[14]？	
夏洛	夏洛是我的名字。	
波點	您提出的訴訟確實奇怪，但也	170
	合乎程序，因此威尼斯的法律	
	無法挑您的毛病，得讓您打這場官司。	
	——您的命運操在他手裡，可不是？	
安東尼	是的，他是這樣說。	
波點	您承認有這契約？	
安東尼	我承認。	
波點	那這位猶太人必須大發慈悲囉。	175
夏洛	為什麼是必須呢，把理由說來。	
波點	慈悲之心並非出於強迫。	
	它像柔和的雨自天而降，	
	落到下界，有雙重的福份：	
	既造福施者，也造福受者。	180
	這在權勢之人最有效力。	

14　您：依照社會地位的慣例，基督徒以「你」稱呼猶太人。注意波點
　　在這一景裡如何交替使用「您」、「你」、「猶太」來稱呼夏洛，
　　時而表示尊敬，時而提醒夏洛注意自己在基督教社會的身分，社會
　　語言學耍弄得十分成功（參見本書〈緒論〉及附錄二）。

它適合在位的君王，勝過冠冕。

權杖顯示凡間權柄的力量，

乃是敬畏和威儀的表徵，

因此君王受人畏懼、害怕；　　　　　　　　　185

然而慈悲高過權杖的威勢。

它坐在君王內心的寶座，

乃是上帝本身的一種特質[15]。

世間的權力若要比擬上帝，

須以慈悲搭配公義。因此，猶太人，　　　　190

雖然公道是您的訴求，您要考慮：

一味地追求公義，我們誰都不能

得到拯救。我們都祈求上天慈悲，

同一篇祈禱文[16]也教我們為人處事

要悲天憫人。我說了這許多，　　　　　　　195

無非想勸你不要堅持討回公道，

你若執意如此，執法如山的威尼斯法庭

必須做出不利於這商人的判決。

夏洛　　我的帳算在我頭上[17]！我要的是法律，

15　參見欽定本《聖經・箴言》20：28：Mercy and truth preserve the king: and his throne is upholden by mercy.（王因仁慈和誠實得以保全；他的王位也因仁慈立穩。）

16　同一篇祈禱文：應是指《聖經・馬太福音》6：9-13 的〈主禱文〉（the Lord's Prayer），其中提到「免我們的債，如同我們免了人的債」；另見〈路加福音〉11：2-4（參見各家注）。

17　《聖經・馬太福音》27：25 記載，耶穌受審的時候，猶太群眾高喊：「他的血歸到我們和我們的子孫身上。」（參見 Mahood, Halio 及 Maus

	我那契約上的處罰條款。	200
波點	他難道無力償還那筆金錢？	
巴薩紐	有啊，我在這裡當庭交付給他，	
	好，兩倍的數目；假如那還不夠，	
	我願意以自己抵押，償還十倍，	
	不然拿我的手、我的頭、我的心來賠。	205
	假如這還不夠，那麼顯然	
	惡意壓倒了正義。那我懇求您	
	就這一回用您的職權強制法律；	
	為一樁大大的善，做一件小小的惡，	
	不讓這殘酷的魔鬼一意孤行。	210
波點	這不可以；威尼斯沒有任何權力	
	可以改變已經確立的律法。	
	那會記錄成為一項先例，	
	將來多少非法的勾當會	
	援著此例接踵而來：這不行 [18]。	215
夏洛	好個包青天再世；真是包青天 [19]！	

（續）────────────────

注)

18　這不行：值得注意的是，波點在斷案過程中，除了一再對夏洛動之
　　以情外，同時也一再明白宣示夏洛的要求完全合法。這種情與法的
　　對照，有多方面的戲劇效果：其一，讓好戲拖棚，造成懸疑；其二，
　　使夏洛信心滿滿，態度愈加頑強；其三，舞台上以及舞台下的觀眾
　　必然更覺得安東尼生機渺茫。這樣的過程跟最後的結局成了極為強
　　烈的對比。(參見〈緒論〉)

19　包青天：原文是Daniel(但以理)，典出次經(Apochrypha)的 "History
　　of Susannah"；但以理是出名的年輕法官(參見各家注)。Daniel這個

啊年輕有智慧的法官，我太尊敬你了 [20]！

波黠　　請您讓我看看那一張契約。

夏洛　　在這裡，最可敬的博士，就在這裡。

波黠　　夏洛，有三倍的錢要還給你呢。　　　　　　　　　220

夏洛　　發過誓的，發過誓的。我向老天發過誓。

　　　　要我的靈魂受那發假誓的罪嗎？

　　　　不，把威尼斯給我也不幹。

波黠　　　　　　　　　　　　　　　　欸，這契約過期了，

　　　　根據法律這個猶太人可以要求

　　　　一磅肉，任他在那個商人緊貼他　　　　　　　　225

　　　　心臟的部位割下來。大發慈悲吧：

　　　　收下三倍的錢；叫我把這契約撕了。

夏洛　　那得先根據條件把債還了才行。

　　　　看來您的確是個可欽佩的法官，

　　　　您精通法律，您剛才的解釋　　　　　　　　　　230

　　　　十分正確。我依照法律向您要求，

　　　　而您不愧爲法律的棟樑，

　　　　進行判決吧。我拿我靈魂發誓，

　　　　沒有哪個三寸不爛之舌能夠

　　　　改變我心意。我在這裡堅持依約行事。　　　　235

安東尼　我打從心底請求庭上

（續）
　　　　名字在希伯來文意思是「神是我的審判官」。
　20　尊敬你：以爲穩操勝券的夏洛，似乎有點得意忘形或是興奮過度，
　　　　開始用比較不尊敬的「你」來稱呼法官。

	做出判決。	
波點	好吧，就這麼辦：	
	您必須準備敞開胸脯挨他的刀。	
夏洛	啊尊貴的法官，啊青年才俊！	
波點	因為法律的意涵和精神	240
	跟這張契約書上面所記載	
	違約當受的處罰完全符合。	
夏洛	對極了。啊智慧而正直的法官，	
	你看起來年輕，卻那麼的老練！	
波點	因此您要祖開胸膛。	
夏洛	對，他的胸部。	245
	契約這麼寫的，對吧，尊貴的法官？	
	「緊貼他心臟」：一個字都不差。	
波點	確實如此。這裡可有個秤來秤	
	肉的重量 [21]？	
夏洛	我已經準備好了。	
波點	夏洛，您出錢，找個外科醫師來，	250
	替他療傷，免得他因流血而死 [22]。	
夏洛	契約書上可有提到這一點？	
波點	是沒有這樣明講，但有什麼關係？	

21　秤：傳統上是公平正義(justice)的象徵；夏洛一手持刀，一手拿秤，
　　諷刺意味明顯(參見多家注)。Lichtenfels解說此行，認為秤也象徵屠
　　夫。
22　流血：這似乎是又一次預表本案的解決之道。

<table>
<tr><td></td><td>您這樣子行善事也是好的。</td><td></td></tr>
<tr><td>夏洛</td><td>我找不到，沒有寫在契約上面。</td><td>255</td></tr>
<tr><td>波黠</td><td>至於您，商人：您有什麼話說²³？</td><td></td></tr>
<tr><td>安東尼</td><td>幾句話而已；我已經有心理準備。</td><td></td></tr>
</table>

	您這樣子行善事也是好的。	
夏洛	我找不到，沒有寫在契約上面。	255
波黠	至於您，商人：您有什麼話說[23]？	
安東尼	幾句話而已；我已經有心理準備。	
	咱們握個手，巴薩紐。永別了！	
	別因我為您落得這下場而難受。	
	在這件事情上，命運的仁慈已經	260
	超過往常。她習慣的做法是讓	
	可憐人在有生之年傾家蕩產，	
	用凹陷的眼睛和滿臉的皺紋	
	看那老來的潦倒；這種凌遲般的	
	折磨悔恨她確實沒有讓我受。	265
	替我向您可敬的夫人致意。	
	告訴她安東尼喪命的過程[24]。	
	說我多麼愛您，蓋棺論定替我美言；	
	故事說完之後，請她來評斷	
	巴薩紐有沒有被人愛過[25]。	270

---

23 至於您，商人……：波黠對夏洛動之以情的勸說既已完全無效，決
　　定放棄努力。接著是另外一個「案件」的開始（詳參本書〈緒論〉）。

24 經過：原文是process。一般解釋為 "story, manner"（參見Bevington,
　　Mahood及Martin注），但也可能暗含「法律程序」（legal process）之
　　意（參見Mahood及Halio注）。

25 原文是：Whether Bassanio had not once a love. 其中love也可解釋為
　　「朋友」（friend）（見Halio及Martin注）。
　　但是Lichtefels（133）指出，1994在芝加哥Goodman Theater由Peter
　　Sellar執導的演出中，安東尼和巴薩紐兩人真愛流露；他引述劇評人

只是遺憾您將失去您的朋友，

而他不會因替您還債而遺憾。

要是那猶太人割得夠深的話，

我會立刻掏出心肝替您還債 [26]。

巴薩紐　安東尼，我已經娶了妻子，　　　　　　　　　275

她的可貴如我自己生命一般；

但我的生命、我的妻子、加上全世界，

在我眼裡都不如你的一條命。

我願拋棄一切，對，用那一切

獻祭給這個魔鬼，來拯救您。　　　　　　　　　280

波點　　尊夫人不會爲此感謝您的，

要是她在場聽見您這樣的奉獻 [27]。

瓜添諾　我有個妻子，我要聲明我愛她；

我情願她已經進了天堂，能夠

求情來改變這狗肺狼心的猶太人。　　　　　　　285

尼麗莎　還好您是背著她許下的願；

否則這會把府上鬧得天翻地覆。

夏洛　　像這種基督徒丈夫！我有個女兒：

（續）————————————————

　　　　Michael Billington的話：「波點意識到她的一切財富都敵不過巴薩紐
　　　　的雙性戀傾向。」Cerasano(184)注解這幾行，說許多導演跟批評家
　　　　都感覺得到本劇的同性戀弦外之音；他特別舉出1999年Trevor Nunn
　　　　執導的演出爲例（另請見本書〈緒論〉）。

　26　掏出心肝：原文是with all my heart（全心全意；以我的「心血」），
　　　　顯然是個帶著黑色幽默的雙關語（參見各家注）。

　27　有些現代版的編者認爲波點，以及尼麗莎、夏洛接著說的台詞可能
　　　　是旁白（參見Halio, Maus, Martin）。

情願讓強盜巴拉巴 [28] 的子孫
做她的丈夫，也不要嫁給基督徒！ 290
我們在浪費時間；請求你判決吧。

波黷 那個商人的一磅肉是你的，
本庭如此裁決，法律這麼規定。

夏洛 最最公正的法官！

波黷 您必須從他的胸口割下這塊肉； 295
法律這麼容許，本庭如此裁決。

夏洛 最有學問的法官！宣判了：來，預備好。

波黷 且慢，還有別的話要說。
這張契約卻沒有說給你一滴血 [29]。
白紙黑字明明寫的是「一磅肉」。 300
照契約來吧，你就拿走你那磅肉，
但是割肉的時候，如果你灑了
一滴基督徒的血，你的土地和家當
根據威尼斯的法律都要被沒收，
交給威尼斯充公。

---

28 強盜巴拉巴：Barabbas是強盜，本應釘死在十字架上；羅馬總督比
拉多（Pontius Pilate）應民眾要求而把他開釋，改為釘死耶穌。事見《聖
經‧馬可福音》15。巴拉巴也是馬婁（Christopher Marlowe）劇作《馬
爾他猶太人》（The Jew of Malta）中的主角（參見各家注）。夏洛的意
思是，寧可讓女兒嫁給猶太強盜，也強過嫁給基督徒強盜──羅仁
佐（Mahood注）。

29 我們注意到，夏洛的命運一旦改變，基督徒不再稱他為「您」（除了
波黷在下文339行明顯的諷刺用法），甚至也沒有人稱呼他的名字；
他只是個「猶太人」。

瓜添諾	啊正直的法官！	305

聽好了，猶太人——啊博學的法官！

夏洛 這是法律嗎？

波點 你自己來看這條例。

你既然堅持要依法行事，

保管你吃不了還得兜著走。

瓜添諾 啊博學的法官！聽好了，猶太人：博學的法官。　310

夏洛 那我接受這個價碼。付借款的三倍

就放了這個基督徒。

巴薩紐 錢在這裡。

波點 慢著[30]。

要給這猶太人完全的公義；慢著，別急；

什麼也不給他，只能照罰則來。　315

瓜添諾 哎呀猶太人，好個正直的法官，博學的法官！

波點 因此你去準備割下那塊肉吧。

不能流血，不能多割不能少割，

要剛剛好一磅肉。假如你拿的超過

或不足整整一磅，只要在重量上　320

多出一分或少了一毫，哪怕是小小

一鎦一銖的二十分之一——對，

只要天平兩頭有毫髮的差別，

就要你死，並且沒收你的所有財產。

30　慢著：原文Soft占一整行的位置；波點開始慢條斯理對付夏洛，同
　　時製造懸疑（見Mahood注）。

瓜添諾	包青天再世；是個包青天，猶太人！	325
	現在，不信神的傢伙，我可逮著你啦。	
波點	猶太人怎麼不動了？去拿你該拿的啊。	
夏洛	把我的本金給我，讓我走。	
巴薩紐	我已經準備好了給你；拿去。	
波點	他已經當庭拒絕過這個。	330
	就給他公義和他契約上寫的[31]。	
瓜添諾	包青天，我還是要說，包青天再世！	
	謝謝你，猶太人，教我這個典故。	
夏洛	光是我的本金我都不能拿回來嗎？	
波點	你什麼都不能拿，除了契約上寫的。	335
	拿的風險由你自己承擔，猶太人。	
夏洛	那，就讓魔鬼給他便宜吧！	
	我不打這官司了。	
波點	慢著，猶太人：	
	法律還有另一筆帳要跟您算。	
	威尼斯的法律有這項規定：	340
	如果證明了有哪個外地人	
	無論直接或間接，意圖	
	謀害任何本地公民的性命，	
	他所圖謀的對象就可以	

31　這一行的原文是He shall have merely justice and his bond.其中merely
　　一字包含only(僅僅)和absolutely(完全、絕對)兩個意思(見Mahood
　　注)，因此譯為「就」。

取得他財產的一半，另外   345
一半則收歸公庫所有 32，
而且犯過者的性命全憑
公爵發落，不得提出上訴。
我宣布這就是你現在的處境；
因爲從清清楚楚的程序看來，   350
你不僅是間接的，更是直接的，
根本就是想要圖謀被告的
性命，爲此你已經招來了
我在前面所說過的禍害。
所以，跪下吧，向公爵討饒。   355

瓜添諾　求他准許你自己上吊吧——
可是，你的財產已經要充公，
你連買一根繩子的錢都沒有；
那也只好花公家的錢把你吊死。

公爵　爲了讓你明白我們的精神不同，   360
我不等你哀求就饒了你的命。
至於你的財產，一半歸給安東尼；
另外一半納入公庫裡，假如
你恭敬服從，或可減爲罰款。

波黠　沒錯，是公家那一份，不是安東尼那一份 33。   365

32　公庫：原文是the privy coffer of the state; privy coffer=private treasure，
　　本意爲「私庫」。對英國觀眾來說，全國的錢財都是國王的私產，
　　所以是「公庫」（參見Mahood及各家注）。

夏洛	免了，拿走我的身家性命吧，不必留了：
	您奪走房子的樑柱，就是奪走了
	我的房子；您奪走我賴以謀生的
	工具，也就是奪走了我的性命 [34]。
波點	你會爲他發什麼樣的慈悲，安東尼 [35]？
瓜添諾	免費奉送一根絞索——不能給別的，拜託！
安東尼	如果公爵大人和庭上各位願意
	免除他財產一半的罰金 [36]，
	我也同意，只要他讓我使用
	另外那一半，等他死的時候，
	再移交給前不久才偷走
	他女兒的那位紳士 [37]。
	還有兩個條件：爲了這個大恩
	他必須立刻成爲基督教徒 [38]；
	其次，他必須現在當庭簽署
	約定，把他死後所有遺產贈與

370

375

380

(續)————

33 波點澄清是哪一半可以減爲罰款(Halio, Kaplan)。這一來，安東尼也
有機會表現他的慈悲(Mahood注)。

34 Maus注：次經〈傳道經〉(Ecclesiasticus) 34: 23: "He that taketh away
his neighbor's living, slayeth him."（誰若奪走了他鄰人活命的工具，就
是殺害了他。）另參見Halio注。

35 波點似乎要給安東尼一個機會，表現基督徒跟猶太人的區別。

36 應該是指可能充公的那一半（參見各家注）。

37 安東尼的話並不十分清楚，但從後續的發展看來，夏洛保存了一半
的財產，另一半暫時由安東尼信託保管，等到夏洛亡故時，兩者都
交給潔西可和羅仁佐繼承(Maus注；另見Halio及Mahood)。

38 立刻成爲基督徒：關於強迫夏洛改宗這一點，參見本書〈緒論〉。

他的女婿羅仁佐和女兒潔西可。

公爵　　他必須照辦，否則我就收回
　　　　先前在這裡宣布的特赦[39]。

波點　　你滿意了嗎，猶太人？你怎麼說？　　　　　385

夏洛　　我滿意。

波點　　　　　　書記，擬一份贈與契約。

夏洛　　求您准許我離開這裡；
　　　　我人不舒服。隨後把契約送給我，
　　　　我會簽的。

公爵　　　　　　你走吧，但是要簽。

瓜添諾　你一旦領洗，就會有兩個教父：　　　　　390
　　　　我當法官的話，還會給你加上十個[40]，
　　　　好把你送上斷頭台，不是聖水盆。

　　　　　　　　　　　　　　　　　夏洛下。

公爵　　先生，請您跟我到舍下便飯。

波點　　在下懇請大人原諒。
　　　　我必須今晚趕回帕都瓦，　　　　　　　　395
　　　　因此最好現在就出發。

公爵　　真遺憾您的時間不允許。
　　　　安東尼，您要答謝這位紳士，

39　否則我就……：關於本劇的「條件說」，見本書〈緒論〉。
40　教父是教徒受浸禮時候的命名人。陪審團的人數是12，而一般戲稱
　　陪審團為教父，因為他們把罪人送給上帝審判（參見Mahood及各家
　　注）。

我認爲您多虧了他鼎力相助。

公爵和隨從下。

巴薩紐　最可敬的先生，我和我的朋友　　　　　400
　　　　今天靠著您的智慧才得以免除
　　　　嚴厲的處罰。爲了聊表謝意，
　　　　本來要還給那猶太人的三千金幣，
　　　　我們無條件用來報答您的辛勞。

安東尼　不僅如此，而且感恩戴德，　　　　　405
　　　　願意供您差遣，直到永遠。

波點　　只要心滿意足，報償也就夠了；
　　　　我拯救了您，已經心滿意足，
　　　　這就自認有了足夠的報償；
　　　　我從來不圖錢財利益。　　　　　　410
　　　　但願下次見面您我能相認 [41]。
　　　　謹祝福兩位，我就此告辭了。

巴薩紐　好先生，無論如何我要再懇求您。
　　　　拿一點什麼紀念品當作禮物，
　　　　不是報酬。答應我兩件事，拜託您：　415
　　　　一來不要拒絕，二來原諒我的冒失。

41　原文是I pray you, know me when we meet again.表示雙方現在已經建
　　立了友誼。但是，因爲波點是扮裝，巴薩紐下次認不出她來(know =
　　recognize)。這句話的另外一層意思是：「下次見面我們要有肉體關
　　係」(know = have sexual relations with; have carnal knowledge of)(參
　　見各家注)。又，參見第五場第一景228行，波點説的：「我當然要
　　見識見識他。」(Know him I shall)

波黠	您逼得這麼緊，我只好答應了。
	把您的手套給我，我會戴著做紀念；
	爲了您的情意，我要拿走您的戒指[42]。
	您別縮手啊；我不會再多要的。　　　　420
	您要是眞心誠意就不會拒絕我。
巴薩紐	這個戒指，好先生？哎呀，這不值錢；
	我不能拿這個給您，太寒酸了。
波黠	別的我都不要，單單要這個；
	現在，我覺得，是非要它不可了。　　　425
巴薩紐	這東西重要，倒不在於它的市價。
	全威尼斯最貴的戒指我可以給您，
	我公開徵求把它找出來。
	唯獨這一個，我求您原諒我。
波黠	我明白了，先生，您說得倒大方。　　　430
	您先是教我怎樣當乞丐，然後啊，
	您又教我怎樣打發乞丐。
巴薩紐	好先生，這個戒指是我太太給我的。
	她替我戴上的時候，要我發誓
	不可以把它賣掉、送掉、或丟掉。　　　435

42　Martin, Mahood, Halio及Maus的版本都認爲上一行是對安東紐說
　　的，這一行是對巴薩紐說的。Bevington注則說，巴薩紐脫了手套，
　　露出戒指，波黠才向他要。
　　您的情意：原文是your love，可做「您的友誼」解，但波黠也暗諷
　　巴薩紐在法庭上所說的話，缺乏夫妻的眞愛（參見Mahood及
　　Bevington注）。事實上，這是雙關語：「您的愛」正是波黠自己。

波點　　　這個藉口讓許多人省下了禮物。

　　　　　您的夫人如果不是個瘋婆子，

　　　　　知道這戒指我是多麼受之無愧，

　　　　　她不會一輩子跟你沒完沒了，

　　　　　只因給了我這個戒指。好吧，祝兩位平安。　　　440

　　　　　　　　　　　　　　　　　波點和尼麗莎下。

安東尼　　巴薩紐大人，讓他拿走那戒指吧[43]。

　　　　　讓他的功勞，加上我的愛，

　　　　　抵過尊夫人的誠令吧。

巴薩紐　　去吧，瓜添諾，快快追上去；

　　　　　把這戒指給他，最好還帶他去　　　　　　　445

　　　　　安東尼的公館。去吧，要快。

　　　　　　　　　　　　　　　　　瓜添諾下。

　　　　　來吧，您我倆現在就去府上[44]，

　　　　　明天一早我們還要一同

　　　　　火速前往貝兒芒。走，安東尼。

　　　　　　　　　　　　　　　　　同下。

43　巴薩紐大人：Lichtenfels(145)指出，安東尼很審慎，沒有公開指揮
　　巴薩紐。他尊稱巴為大人，也許看出來巴現在已經是財務上獨立自
　　主的人。

44　Lichtenfels(145)解說這一行，認為巴薩紐開始安排安東尼的行程，
　　顯示兩人的關係已經改變(參見前注)；此外，巴薩紐決定當晚住在
　　安東尼家，似乎忘記了自己啟程之前答應新婚妻子波點要「快馬加
　　鞭」趕回來的許諾(第三場第二景最後三行)。

【第二景】

　　　　　　波點和尼麗莎上。

波點　　去打聽那猶太人的家，把這契約交給他，
　　　　讓他簽名。咱們今晚就出發，
　　　　比咱的丈夫早一天回到家裡。
　　　　這份契約對羅仁佐是大好消息。

　　　　　　　　瓜添諾上。

瓜添諾　先生，還好趕上您了[1]。
　　　　我家大人巴薩紐考慮之後決定
　　　　把這戒指送過來給您，還邀請
　　　　您一起吃個飯。

波點　　　　　　　那不可能[2]。
　　　　他的戒指我萬分感激地收下，

　　　　　　　　　　　　　　　　　　　　5

1　Mahood特別指出這行比較短，因為瓜添諾喘著氣。Trevor Nunn導演
　　的版本便是如此演出。

2　那不可能：一般認為波點是說，不可能跟巴薩紐他們吃飯，但是Nunn
　　導演的電影版中，波點說這話的時候，十分勉強的從褲子口袋伸出
　　手來接受戒指，表示她對巴薩紐竟然終於把戒指送給「別人」，不
　　可置信。Lichtenfels指出，波點此刻的心情可能「苦樂參半」，因為
　　波點無法叫巴薩紐做的事，安東尼辦到了(145)。但是，從瓜添諾的
　　話裡，聽不出安東尼的影響。可以確定的是，波點心中無論如何是
　　樂不起來的。

	請您這樣告訴他。還有一件事，	10
	請帶領我的小廝到老夏洛的家。	
瓜添諾	沒問題。	
尼麗莎	（向波點）先生，我跟您說句話。	
	（旁白）且看我能不能拿到我丈夫的戒指，	
	我曾經要他發誓永遠保存的。	15
波點	那還用說。他們一定會沒完沒了的詛咒，	
	說是把戒指給了男人；但咱們	
	偏要爭到底，還要詛咒得更兇。	
	──去吧，要快，你知道我在哪裡等你。	
尼麗莎	來，好先生，拜託領我去他家好嗎？	20

三人下。

第五場

【第一景】

羅仁佐和潔西可上。

羅仁佐　月色皎潔。就是在這般夜晚，
當那微風輕吻著樹木，
悄然無聲，想是在這般夜晚
屈樂士登上了特洛的城牆，
望著希臘軍營發出錐心的嘆息——　　　　5
葵西妲在那裡睡臥[1]。

潔西可　　　　　　　就在這般夜晚，
西施碧驚慌地踩著露珠，

---

[1]　引用喬叟（Geoffrey Chaucer, 1340-1400）《屈樂士和葵西妲》（*Troilus and Criseyde*）的故事：特洛戰敗後，葵西妲以人質身分被扣留在希臘軍營裡，她的情人屈樂士因而在月夜裡，登上特洛的城牆，遙望希臘軍營，發出沉重的嘆息（參見各家注）。

還沒見到獅子，只見牠身影，
就嚇得落荒而逃[2]。

羅仁佐　　　　　　　　　就在這般夜晚，
黛朵手持一枝柳條，站在　　　　　　　　　　10
岸邊，向著洶湧的大海呼喚，
要情人回到迦太基[3]。

潔西可　　　　　　　　　就在這般夜晚，
米迪雅採集法力無邊的藥草
讓她的公公恢復青春[4]。

羅仁佐　　　　　　　　　就在這般夜晚，
潔西可從富裕的猶太人家偷偷溜走[5]，　　　　15

2　莎翁在此引用喬叟《良婦傳》(*Legend of Good Women*)中西施碧
　　(Thisbe)的故事：西施碧和皮拉木(Pyramus)這對戀人的愛情遭到雙
　　方家長的反對。有一晚，兩人相約私會，西施碧先到約定處等待，
　　驚見一頭剛飽餐完、嘴上猶存血跡的母獅，嚇得她跑進洞穴躲藏。
　　奔跑中遺落面紗，母獅將面紗撕碎。皮拉木來到，見地上的爪印及
　　破碎且沾有血跡的面紗，以爲西施碧遇害，遂舉劍自盡。西施碧出
　　洞穴後見狀，也隨即殉情。莎翁曾把這個故事寫進《仲夏夜之夢》
　　(*A Midsummer Night's Dream*)裡的戲中戲(參見各家注)。
3　在希臘神話中，黛朵(Dido)是腓尼基女王，迦太基城的建造者。她
　　愛上因船難而來到迦太基的特洛勇士伊尼厄斯(Aeneas)，但最後卻
　　遭遺棄(參見各家注)。
　　柳條，傳統上用以代表「見棄的愛」(Halio注)。
4　這個事件引自莎翁最喜愛的篇章——歐維德(Ovid, 43B.C.E.-17?C.E.)
　　的名著《變形記》(*Metamorphoses*)：女巫米迪雅(Medea)幫助傑生
　　贏得金羊毛後，還調製草藥湯使傑生的父親伊森(Aeson)恢復青春
　　(參見各家注)。
5　偷溜：原文steal away一語雙關：一、偷偷離開；二、偷竊東西(Halio
　　及Maus注；另參見Mahood及Lichtenfels注)。

跟揮霍無度的情人離開了威尼斯[6]
老遠跑到貝兒芒。

潔西可　　　　　　　就在這般夜晚，
年輕的羅仁佐矢口保證真心愛她，
偷走她的靈魂[7]，道盡海誓山盟，
卻沒有一句是真心[8]。

羅仁佐　　　　　　　　就在這般夜晚，　　　20
可愛的潔西可，像那小潑婦，
倒毀謗起她的情郎，但他不記恨。

潔西可　　若不是有人來，我可以跟您比賽到底。
可是聽啊，我聽到男人的腳步聲。

　　　　　　　　　　信差史提凡上。

羅仁佐　　在這寂靜的夜晚是誰走得這樣快？　　　25

史提凡　　是個朋友。

羅仁佐　　朋友？什麼朋友？請教大名，朋友？

史提凡　　在下史提凡，我是來報信的：
我家女主人在天亮之前
會回到貝兒芒這裡。她東突西走，　　　30

6　羅仁佐的自白證實了第三場第一景(87-99行)杜保對夏洛的調查報
　告。

7　可能同時暗指羅仁佐使她改信基督教(參見多家注)。

8　以上潔西可和羅仁佐的對話有如抒情詩歌比賽。兩人的歌詞，以合
　行(shared line，又稱共享詩行)方式連結，感覺格外甜蜜。Judith Cook
　認為，單憑這段詩歌，潔西可就在本劇中有了她的地位(51-52)。然
　而，更值得注意的是，對話中提到的女人，或者背棄情人，或者是
　愛情的棄婦，或者是慘死，都沒有好下場。

在路邊的神龕跪拜禱告，

祈求婚姻美滿。

羅仁佐　　　　　　誰跟她一起來？

史提凡　　只有她的侍女和一位修道士。

　　　　敢問，我家老爺回來了沒有？

羅仁佐　　還沒有，我們也沒有他的消息。　　　　　　　35

　　　　不過我們還是進去吧，潔西可，

　　　　規規矩矩地做好準備，

　　　　迎接這座宅邸的女主人。

　　　　　　　　　　丑角藍四籮上。

藍四籮　　嗁吶，嗁吶！嗚哈，喝！嗁吶，嗁吶[9]！

羅仁佐　　是誰在喊？　　　　　　　　　　　　　　　　40

藍四籮　　嗁吶！您看見羅仁佐大人嗎？羅仁佐大人，嗁吶，

　　　　嗁吶！

羅仁佐　　別嚷嚷了，老兄！在這裡！

藍四籮　　嗁吶！在哪裡，哪裡？

羅仁佐　　這裡！　　　　　　　　　　　　　　　　　　45

藍四籮　　告訴他我家主人派了個信差，帶來滿滿一號角[10]的好

　　　　消息：我家主人天亮之前就會回到這兒。

羅仁佐　　親愛的，我們進去等他們回來。

9　嗁吶……：原文Sola…，是信差的號角聲（Bevington, Halio及Maus
　　注）或狩獵的口號（Mahood及Martin注）。

10　滿滿一號角：號角原文是horn，藍四籮把他的號角比喻成裝滿穀物、
　　花卉，代表豐盛的羊角horn of plenty（cornucopia）。

不過也無妨：爲什麼要進去呢？
史提凡老哥，請您去通知一聲，　　　　　　　50
一個小時內女主人就要回來，
請把樂師都請到院子裡。

　　　　　　　　　　　　　　史提凡下。

瞧這月光酣睡在斜坡上！
我們在這裡坐下，讓音樂
輕輕地入耳；柔和靜謐的夜晚　　　　　　　55
最適合那美妙和聲的旋律。
坐下吧，潔西可。你瞧那天庭
鑲嵌了多少金光燦爛的碟子。
就連你現在所見最小的天體，
轉動的時候發出天韻歌聲[11]，　　　　　　60
不斷對著明眸的天使獻唱。
這種仙樂也存在不朽的靈魂裡，
可是我們被爛泥做的肉身
粗俗的包圍著，就聽不到了。

　　　　　　　史提凡和樂師上。

哈，來呀！用一首頌歌喚醒月神。　　　　　65
讓最美的旋律透進女主人的耳裡，
以音樂引領她回家。

　　　　　　　樂聲響起。

11　16世紀的西方人相信，宇宙由同心圓的天體組成，天體運行造成摩
　　擦，發出音樂聲（參見各家注）。

潔西可	聽到優美的音樂，我就無法輕鬆[12]。
羅仁佐	那是因為您的精神太過專注。

但看那野性、狂暴的一群牲畜，　　　　　　　70
或是那還沒有馴服的一群小馬，
瘋狂地跳躍，大聲地嘶叫——
這原是牠們猛烈的本性——
但只要偶然聽到喇叭響起，
或有任何音樂接觸到牠們耳朵，　　　　　　75
您就看見牠們同時停下來，
兇暴的眼神轉為嫻靜的目光，
都為那音樂美妙的力量。因此詩人
才會想像奧菲斯能蠱惑木石、怒浪[13]；
無論多麼頑固、堅硬、澎湃的東西，　　　　80
音樂的節拍都能改變它的天性。
一個人若是心中沒有音樂，
聽了美妙的和聲也無動於衷，
只會做出叛逆、陰險、掠奪的行為；
他的內心活動昏暗得像夜晚，　　　　　　　85
情感陰沉得像黃泉路上的幽谷[14]。
這種人可別相信他。聽音樂吧。

12　這是潔西可在本劇的最後一句台詞；此後直到劇終，長達239行的對
　　話裡，她站在台上，默默無語。
13　詩人，應是指羅馬詩人歐維德(Ovid)；他的名作《變形記》載有神
　　話傳說裡音樂家奧菲斯(Orpheus)的故事(參見各家注)。
14　黃泉路上的幽谷：原文Erebus，指的是通往陰間的一處極暗之地。

波點和尼麗莎上。

波點　　瞧那燈火是來自我家大廳的。
　　　　那小小的燭光傳送得多遠哪！
　　　　善行也同樣照亮這邪惡的世間。　　　　　　90

尼麗莎　月亮一照，我們就看不見那燭光。

波點　　這就是大光輝遮蔽小光芒：
　　　　攝政王顯赫有如國君，
　　　　一旦站到國君身邊，他的威儀
　　　　自動傾倒一空，恰似內陸的河流　　　　　　95
　　　　注入大海汪洋。音樂呢，你聽！

尼麗莎　夫人，是您家裡的樂師呢。

波點　　原來，東西不經比較，分不出好壞；
　　　　我覺得這樂聲比白天悅耳多了。

尼麗莎　是幽靜給了它這個優點，夫人。　　　　　　100

波點　　烏鴉的啼叫可以如悅耳雲雀，
　　　　只要沒有干擾；我也覺得
　　　　夜鶯，假如是在白天歌唱，
　　　　伴著鵝群的嘰嘰聒聒，會被認為
　　　　跟那鷦鷯的嗓門一樣糟糕。　　　　　　　　105
　　　　有多少事物是因為天時地利
　　　　而完美無瑕，實至名歸。
　　　　啊，安靜！月兒跟她的情人[15]

15　情人：原文Endymion，是希臘神話裡的俊美牧羊人；月神愛他，因
　　而令他長眠於洞穴，以便造訪。這裡是指羅仁佐和潔西可（參見各家

安睡著，不讓人吵醒呢！

　　　　　　　　　　　樂聲終止。

羅仁佐　　　　　　　　　　聽那聲音，
　　除非我錯得離譜，應該是波點了。　　　　　　110

波點　　他認出我的聲音，就像瞎子認出杜鵑
　　——憑那破嗓子。

羅仁佐　　　　　　　　好夫人，歡迎回來！

波點　　我們一直在為我們的夫婿祈福，
　　但願因我們的禱告而快快奏效。
　　他們回來了嗎？

羅仁佐　　　　　　　　夫人，還沒有呢。　　　　115
　　但有一個信差先來報過信，
　　說是他們快到了。

波點　　　　　　　　尼麗莎，你進去：
　　吩咐所有僕人，絕對不可提起
　　我們不在家的這檔子事——
　　您也一樣羅仁佐，潔西可您也是。　　　　　120

　　　　　　　　　　　喇叭聲響起。

羅仁佐　　您的夫婿到了，我聽到他的喇叭聲。
　　我們不會洩漏祕密的，夫人；請放心。

波點　　今晚，我覺得，像是病懨懨的白晝，
　　臉色有點蒼白；這種天色

（續）————————————————

　　注）。

　　　　好像是大白天太陽把臉藏起來。　　　　　　　　125

　　　　　　巴薩紐、安東尼、瓜添諾、隨從等，上[16]。

巴薩紐　　我們可以跟南半球的人同享陽光，

　　　　假如您肯代替太陽在夜間出現[17]。

波黠　　可以讓我放光，可別讓我放蕩[18]，

　　　　妻子輕佻放蕩，丈夫沉重憂傷，

　　　　千萬別讓巴薩紐因我而哀傷沉重——　　　　130

　　　　都看神的旨意了[19]！我的老爺，歡迎回家。

巴薩紐　　謝謝您，夫人。請歡迎我的朋友。

　　　　就是這一位，這位是安東尼，

　　　　他的深厚恩情我永遠無法償清。

波黠　　您確實是怎麼說都無法償清，　　　　　　135

　　　　我聽說他為了您已經把苦頭嘗盡[20]。

16　巴薩紐等人至遲應該在波黠說前一段台詞的時候上場，巴薩紐才能
　　夠回應波黠的話（Halio注）。

17　南半球：原文Antipodes本意是「對蹠之地」（腳與腳相對之地），也
　　就是地球上位置正相反的兩個地區。
　　巴薩紐這兩行是順著波黠的話而說的（參見Mahood及Halio注）。
　　Mahood注更指出，藉著兩人輕鬆自然的對話，巴薩紐向安東尼（以
　　及觀眾）表達「貝兒芒是家」的感覺。

18　放光／放蕩：波黠這裡語意雙關；原文是：Let me give light（放出光
　　明）， but let me not be light（成為光明／放蕩、輕佻）。下一行接著
　　用「放蕩、輕佻」對照「哀傷、沉重」（heavy = sad）。看來波黠已
　　經準備好要大鬧一場了。

19　Mahood注：「這話的語氣有些不祥之兆：巴薩紐馬上就要成為『哀
　　傷沉重』的丈夫」。

20　償清／嘗盡：原文有infinitely bound, much bound，其中bound一字有
　　三重意義：虧欠；保證；坐牢，都可適用（參見各家注）。

安東尼	如今一切都已經圓滿解決了。
波點	先生，竭誠歡迎您光臨寒舍。
	但歡迎不是憑著一張嘴：
	因此我就少講幾句客套話。

140

瓜添諾	（向尼麗莎）我以那輪明月發誓，您冤枉我了[21]！
	天地良心哪，我把它給了法官的書記。
	看你，我的愛，爲它生那麼大的氣，
	我恨不得割掉那傢伙的雞雞。
波點	已經吵架啦！怎麼回事？

145

瓜添諾	爲了一個金圈子，是她給我的
	一個不值錢的玩意，上面刻的題辭
	是天底下隨便哪個刀匠都會
	刻在刀上的：「將我珍惜，切莫捨棄。」
尼麗莎	你管它題的什麼辭，值得幾個錢？

150

	我交給你的時候，你對它發過誓，
	說是這輩子都要戴著，一直到死，
	還說它會跟你一起躺進你的墳裡。
	就算不爲我，爲了你發過的重誓
	你都應該謹愼小心，好好保管。

155

	給了法官的書記！哼，上帝替我評理，
	那個書記臉上永遠長不出鬍鬚。
瓜添諾	會長的，只要他長大成爲男子漢。

---

21 波點安排的戲中戲正式開場。

尼麗莎	是啊，假如女人也會長成男子漢。	
瓜添諾	好，我舉手發誓，我給的是一個少年，	160
	是個男孩子，個子小小矮矮的，	
	跟你一般高，法官的書記，	
	唧唧喳喳的，跟我討了作為報酬；	
	要拒絕他說不過去，就給了他。	
波點	這就是您不對了，容我說句不客氣的話，	165
	隨隨便便割捨您太太的第一份禮物，	
	而且是發了誓要永遠戴著的東西，	
	也就是以真心真意釘在您肉裡的。	
	我給了我愛人一個戒指，要他發誓	
	永遠不跟戒指分離，他的人就站在這裡。	170
	我敢替他發誓，他不會把戒指割捨，	
	也不會從手指上摘下來，哪怕是要用	
	舉世的財寶跟他換。說真的啊，瓜添諾，	
	是您太過無情，害得嫂夫人難過；	
	換了是我的話，我會氣瘋的。	175
巴薩紐	（旁白）哎呀，我最好把自己左手砍斷，	
	然後發誓是為了保衛那失去的戒指。	
瓜添諾	巴薩紐大爺把他的戒指給了	
	那跟他要的法官，那法官也的確	
	當得起；後來那個男孩，他的書記，	180
	就是花了點工夫記錄的，他來向我討，	
	那跟班的和他的主人什麼都不要，	

偏要那兩個戒指。

波點 　　　　　　　您給了哪個戒指，老爺？

該不會是我送給您的那一只吧？ 185

巴薩紐 假如做錯了事還可以再撒個謊，

我就會否認；但是您看我的手指，

戒指不在上頭。戒指已經沒了。

波點 同樣的，您虛假的心裡沒有真誠。

蒼天為證，我絕不會上您的床，

除非我看到那戒指。

尼麗莎 　　　　　　　我也不上您的， 190

除非我再見到我的。

巴薩紐 　　　　　　　親愛的波點，

假如您知道我是給了誰那戒指[22]，

假如您知道我是為了誰給那戒指，

而且願意了解我是為什麼給那戒指，

而且我是多麼捨不得給那戒指—— 195

那時他們什麼都不接受，只要那戒指——

那您就不會發這麼大的脾氣了。

波點 假如您知道那是多麼寶貴的戒指，

---

22 以下這五行台詞裡，巴薩紐用了修辭學的重複法，包括anaphora（首語重複法：行首或句首使用相同的字、詞）和epistrophe（句尾重複法：行尾或句尾使用相同的字、詞）；接下來波點也不甘示弱，以同樣的修辭法還擊，使巴薩紐無力招架（參見Halio注）。
句尾重複法正因為出現在句尾，尤其顯得有力。在這裡，兩人連續九行以「戒指」（ring）結尾，可見戒指的重要性。

或是身價多高的人給了您那戒指，

或是您該以自己榮譽保住那戒指，　　　　　　　200

您就不會平白地送掉那戒指。

有哪一個人會那麼蠻不講理，

假如您表現出一點真心誠意

維護那戒指，他還會毫無體貼，

非得奪走別人神聖重要的東西嗎？　　　　　　205

尼麗莎教導我該相信什麼：

我以生命擔保，定是個女人拿了那戒指[23]！

巴薩紐　　不是的，夫人，我以榮譽，以靈魂發誓，

不是女人拿去的，是個法學博士，

他謝絕了我給他的三千塊金幣，　　　　　　　210

要求那戒指，而我也不肯答應，

眼看著他怒氣沖沖地走了，

而他還是那救了我親愛朋友

一命的恩人。要我怎麼說呢，好夫人？　　　　215

我只好隨後派人送去給他[24]。

我心裡是既羞愧又感激。

我的榮譽豈能因忘恩負義

受到毀傷。請原諒我，好夫人！

以今夜這些聖潔的燈火為證，

您當時在場的話，也會向我　　　　　　　　　220

23　波點這樣說並沒有錯。

24　巴薩紐並沒有把安東尼拖下水。

	要那戒指，好給那位尊貴的博士。	
波點	萬萬不可讓那博士靠近我家。	
	既然他拿了我喜愛的戒指，	
	又是您發過誓要替我保存的，	
	我就要變得跟您一樣大方：	225
	凡我所有的，我都不會拒絕他，	
	對，包括我的身體，和我丈夫的床。	
	我當然要見識見識他[25]，這是一定的。	
	您一天都別外宿。牢牢地看住我[26]。	
	要不然，把我放了單的話，	230
	我以我清白無瑕的榮譽起誓[27]，	
	我會要那博士來作我的枕邊人。	
尼麗莎	我也要他的書記。所以千萬小心，	
	看你敢不敢丟下我一個人。	
瓜添諾	也罷，隨您去。可別讓我捉到小書記，	235
	否則，我就折斷他的那枝筆[28]。	
安東尼	這些爭吵都是為了我這不幸的人[29]。	

25　我當然要見識見識他：原文是 Know him I shall，"know" 有「發生性
　　關係」的含意。Halio 指出：波點這句話回應了第四場第一景411行，
　　她假扮法官時對巴薩紐説的話：「但願下次見面您我能相認」（I pray
　　you, know me when we meet again.）。參見本書譯文頁129，注41。

26　牢牢地看住我：原文是 Watch me like Argus。按：Argus 是希臘神話
　　裡的百眼怪，睡覺時只閉上兩隻眼睛。

27　波點強調自己仍舊白璧無瑕（參見 Lichtenfels 解說）。

28　筆：原文 pen 隱含 penis（陰莖）之意（參見各家注）。

29　安東尼總算又開了口；距離上次他説話，整整過了一百行。

波點	先生，您別難過；您還是我們的上賓。
巴薩紐	波點，原諒我這不得已的過錯；
	在場這許多朋友作證：我向你 240
	發誓，憑著你自己美麗的雙眼——
	我看見自己在裡面——
波點	各位都聽見沒有？
	在我的雙眼裡他看見兩個自己：
	一隻眼一個。憑您的兩面手法發誓，
	倒眞是可相信呢！
巴薩紐	不是啦，聽我說。 245
	饒了這一次，我就憑我靈魂起誓，
	今後絕對不會打破對你的誓言。
安東尼	我曾經以身體抵押，替他借錢；
	要不是拿了您丈夫戒指的那位，
	早就沒命了。我敢再一次擔保[30]， 250
	以靈魂抵押，保證您家老爺
	今後絕對不會故意違背誓言。
波點	那您要當他的保人。把這個給他，
	叫他比以前那個更小心保管。
安東尼	看著，巴大人，發誓保守這個戒指。 255
巴薩紐	天哪，這就是我給博士的那個！
波點	我從他那裡拿來的。原諒我，巴薩紐，

30　波點這齣戲鬧了大半天，大概就爲了等安東尼這句話（參見本書〈緒
　　論〉）。

憑著這戒指，那博士跟我睡過覺。

尼麗莎　　也原諒我，我溫柔的瓜添諾，

因爲那博士的矮冬瓜書記，　　　　　　　　　　260

爲了這個，昨夜跟我睡了覺。

瓜添諾　　哎呀，這好比夏天修馬路——

馬路都還好好的嘛，多此一舉[31]！

什麼，咱們還沒犯錯，就先戴綠帽啦？

波點　　　別說得那麼難聽。各位都搞糊塗了吧。　　265

這裡有一封信，拿去慢慢念吧。

信來自帕都瓦，來自貝拉瑞歐。

你們看了就明白波點乃是那博士，

尼麗莎是她的書記。這位羅仁佐

可以作證，我跟你們同時出發，　　　　　　　270

也剛剛才回來；我還沒有

進屋裡呢。安東尼，歡迎光臨；

我還有更好的消息要告訴您，

是您料想不到的。快把這封信拆了。

您看了就知道您有三艘商船　　　　　　　　275

沒想到滿載而歸安然進港。

我不會告訴您，是何等的奇緣

讓這封信落到我手裡[32]。

31　按：修路應該在冬天路況差的時候。「瓜添諾似乎是說，這兩個女
　　人還沒有試過她們的婚姻就開始搞婚外情」（Mahood注；另參見其
　　他各家注）。

安東尼	竟有這種事！
巴薩紐	您就是那博士，而我卻沒認出來？
瓜添諾	您就是那要我戴綠帽的書記？ 280
尼麗莎	是啊，卻是那無意做這件事的書記，
	除非是他長大成爲男子漢。
巴薩紐	可愛的博士，您要做我的枕邊人。
	我不在的時候，請陪我太太睡吧[33]。
安東尼	好夫人，您給了我生命以及生計； 285
	看了這封信，我確知我的船
	已經安全靠港了。
波點	怎麼了，羅仁佐？
	我的書記也帶了好東西給您。
尼麗莎	是啊，而且我會免費交給他。
	我把這個交給您和潔西可[34]， 290
	是那猶太富豪的特別贈與書，
	死後要把所有產業送給你們。
羅仁佐	兩位美麗夫人，你們這是天降嗎哪
	給挨餓的人[35]。

(續)————————————

32　我不會告訴您……：Mahood和Halio都引述Arthur Quiller-Couch and
　　John Dover Wilson編 *The Merchant of Venice* (1926, revised 1953)的評
　　論，認爲這是「莎士比亞戲劇傲慢的精彩一例」。

33　Lichtenfels注意到巴薩紐有意隨著瓜添諾和尼麗莎的和解，跟波點和
　　好，但波點並沒有回應。

34　提到了潔西可的名字，更加凸顯她在這一景後半段的沉默。

35　嗎哪(manna)：以色列人在荒野時，天降給他們的食物。事見《聖
　　經・出埃及記》(Exodus)16。

波點　　　　　　　　都快天亮了，
　　　　不過我相信你們對這些事情的　　　　　　　　295
　　　　始末還沒有聽夠。我們先進去，
　　　　各位再對我們詳加審問[36]，
　　　　我們會一五一十的回答。

瓜添諾　　就這麼辦。頭一件要我的
　　　　尼麗莎宣誓回答的就是：　　　　　　　　　300
　　　　她是寧可等到明晚才上床，
　　　　還是要現在：只兩小時天就會亮。
　　　　不過，但願白晝來時天色黑，
　　　　好讓我抱著博士的書記一起睡。
　　　　我啊，這輩子不怕擔風險，　　　　　　　　305
　　　　怕只怕保不住尼麗莎那一圈[37]。

　　　　　　　　　　　　　　　　眾下[38]。

36　詳加審問：波點還保有一些法庭上的口吻(參見Mahood及Halio注)。
37　那一圈：原文ring有兩層意思：戒指；女陰(參見各家注)。
38　本戲劇終時的下場方式，可有不同安排，各有深意。參見Cerasano
　　114-16。

附錄

一、書信作為互文：

論《威尼斯商人》安東尼致巴薩紐書*

彭鏡禧著／張家麟譯

　　書信作爲戲劇手法並非鮮事，然而書信扮演戲劇人物的角色趣味卻常被忽略。書信本身即意味著（雖然實際並非必然如此）寫信者不在場；寫信者雖不在場，卻經由書信的閱讀而「上場」了 [1]。再者，他的上場有賴讀信者的媒介。他不僅被讀信者的心意左右，而且，信被讀出的當下——不論「怎麼」讀——作者只得噤聲。David M. Bergeron在 "Deadly Letters in *King Lear*" 一文中指出：「書信只能提供間接、中介之後的言談——亦即符號，而非實體。」

---

* 本文原題 "The Letter as Intertext : An Explication of Antonio's Letter to Bassanio in *The Merchant of Venice*"；載 Marrapodi, Michele, ed. *Shakespeare and Intertextuality: The Transition of Cultures between Italy and England in the Early Modern Period* (Roma: Bulzoni Editore, 2000)。中文版刊於《中外文學》31：1（2002年6月）59-72，收入拙作《細讀莎士比亞：論文集》137-53。

1　William Fulwood於 *The enemy of Idlenesse* (1621) 一書中提到：「書簡……或信件，無非是一種聲明，寫出不在場者的心意，互爲傳遞，猶如在場一般。」見Goldberg，頁249。

它處於面談與報告之間的弔詭邊界；舉例來說，它自
己若是受到誤解，本身沒有立即糾正的機會。它存在；
我們必須盡量利用，揣摩它字裡行間的意義，以掌握
其聲情。(160)

　　書信的作者不同於舞台上活生生的角色，他不能營造適當
的「對話」，並和其他角色面對面互動[2]。因此，書信，亦即作
者，成為讀信者的詮釋支配下的文本。但是，下文將指出，這
種「不在場」的情況未必都不利於書信作者。

　　莎士比亞戲劇裡，書信所在多有，且角色吃重，如《李爾
王》(King Lear)、《哈姆雷》(Hamlet)、《馬克白》(Macbeth)、
《第十二夜》(Twelfth Night)、《維若納二仕紳》(The Two
Gentlemen of Verona)等劇。但《威尼斯商人》(Merchant of Venice)
中安東尼的一封信卻以其在舞台上被詮釋的方式而引人注目，
其作用方式也使得它和此劇其餘的文本產生互文的關係。此信

2　舉例來說，我們可以看看，在《第十二夜》裡，馬福祿(Malvolio)
　的抗議信先是被小丑逐字大聲朗誦，然後才由娥麗薇(Olivia)另外派
　人讀信(5.1. 289-311)。相關研究包括：Julian Hilton, "Reading Letters
　in Plays: Short Courses in Practical Epistemology?", *Reading Plays:
　Interpretation and Reception*, eds. Hanna Scolnicov and Peter Holland
　(Cambridge: Cambridge UP,1991), pp.140-60; Stephen Orgel, "The
　Comedian as the Character C," *English Comedy*, eds. Michael Cordner,
　Peter Holland, and John Kerrigan (Cambridge: Cambridge UP, 1994),
　pp. 36-54; Mark Taylor, "Letters and Readers in *Macbeth, King Lear,
　and Twelfth Night,*" *Philological Quarterly* 690 (1990), pp. 31-53；以
　及彭鏡禧，〈試論《馬克白》和《哈姆雷》劇中書信的戲劇意義〉，
　《中外文學》25.3：273-89。

內容本身單純而直接：

> 親愛的巴薩紐，我的船全都失事了，我的債主們越來
> 越兇狠，我的財產跌到谷底；我跟那猶太人的契約過
> 期了；如果依約償還，我勢必沒命，因此您我之間的
> 債務就此一筆勾消，只要我能在死之前見您一面。話
> 雖如此，您請自行斟酌；假如您的愛不催促您來，就
> 別讓我這封信催逼。
>
> Sweet Bassanio, my ships have all miscarried, my creditors
> grow cruel, my estate is very low, my bond to the Jew is
> forfeit, and since in paying it, it is impossible I should live,
> all debts are cleared between you and I if I might but see
> you at my death. Notwithstanding, use your pleasure. If
> your love do not persuade you to come, let not my letter.
>
> (3.2. 315-22)[3]

　　基本上，信中包含兩個訊息：一、安東尼未能履行契約，
連帶危及性命；二、他渴盼在臨死前見巴薩紐一面，即使他無
意以此妨礙後者追求愛情。

　　關於第一個訊息，此時劇場觀眾早在上一景(3.1)便已知悉
安東尼有難，而巴薩紐讀信的表情寫在臉上，舞台上的觀眾不
可能看不出吉凶。即便是在巴薩紐讀信之前，舞台上的眾人也

3　若無特別標明，劇本皆引自 Bevington, ed. *The Complete Works of Shakespeare*, 4th ed.。

能夠從撒雷瑞歐簡短、不祥的「鉅賈」啞謎中猜出安東尼處境
艱危：

> 不算生病，大人，除非是心病，
>
> 也不算硬朗，除非在心裡：
>
> 他那封信裡有他的近況。
>
> Not sick, my lord, unless it be in mind.
>
> Nor well, unless in mind. His letter there
>
> Will show you his estate.

(3.2. 232-36)

「情況」（estate）一詞凸顯了威尼斯商人們對金錢物質的關
切，他們不太意識到安東尼對他和巴薩紐兩人關係的失落感。
瓜添諾得意洋洋地宣布著他和巴薩紐的勝利——「咱是那傑
生，咱拿到金羊毛啦」（"We are the Jasons; we have won the
fleece"）——但撒雷瑞歐的反應並不熱烈：「你們要是拿到他[安
東尼]失去的金羊毛就好了」（241-42）。同時，一旁密切觀察著
讀信人的波點（Portia）說：

> 那封信的內容看來不妙，
>
> 奪走了巴薩紐臉上的血色：
>
> 是哪個親愛的朋友過世，不然天下
>
> 有什麼能叫一個穩重的人這樣
>
> 大驚失色？什麼，越來越糟了？

There are some shrewd contents in yond same paper

That steals the color from Bassanio's cheek:

Some dear friend dead, else nothing in the world

Could turn so much the constitution

Of any constant man. What, worse and worse?

(3.2. 243-50)

　　她當即要求知道更多內情。她懇求說：「拜託，巴薩紐，我是您的另一半。」

　　　因此也要平分這一封信裡
　　　帶給您的消息。
　　　And I must freely have the half of anything
　　　That this same paper brings you.

(243-50)

　　於是，巴薩紐坦承他在經濟上「比一無所有還慘」，並且首次向波點透露他和安東尼之間的親密關係。「我把自己抵押給一個親愛的朋友」，他開口說道：

　　　把那朋友抵押給他的死對頭，
　　　替我籌措盤纏。小姐，這封信，
　　　信紙就像我朋友的身體，裡面
　　　每一個字都是裂開的傷口，流著

生命的血。
Engaged my friend to his mere enemy,
To feed my means. Here is a letter, lady,
The paper as the body of my friend,
And every word in it a gasping wound
Issuing lifeblood.

(261-66)

　　巴薩紐手中所握非僅草草一紙，而是淌著血的安東尼。寫
信者現身在舞台上：安東尼就在那兒。原文「字／傷口」
（word/wound）的雙聲使得巴薩紐對信的讀法或詮釋引人注目。
撒雷瑞歐和潔西可進一步證實了關於安東尼的壞消息──「他
全部血本無歸」，而且夏洛正算計著要求取他的性命（271-90）。
波點的反應寬厚高尚、明快而果決。她打算不計代價立刻贖回
安東尼：「先跟我去教堂，叫我一聲夫人，／然後就去威尼斯
找您的朋友」（303-4）。隨後，或許語帶虛情假意地說：

把您的朋友安頓了，務必開懷；
既我重金將您買，必會般般把您愛。
Bid your friends welcome, show a merry cheer;
Since you are dear bought, I'll love you dear.

(312-13)

倘若安東尼想藉這封信召喚巴薩紐回來見臨終一面，則他

已達到目的。既然波點都已經答應讓巴薩紐即刻啓程，不禁讓人狐疑：讓波點在舞台上要求讀信豈不多餘？（314）M. M. Mahood在New Cambridge Shakespeare版的《威尼斯商人》中指出，以上引述的兩行「（聽起來）像是作結語的對句」，她並推測「或許莎士比亞是後來才決定要讓波點和觀眾聽安東尼的信」。也許是這個緣故，「作爲讀者」的巴薩紐在四開本（Q1-2）裡沒有冠說話者姓名（speech heading）（Mahood 172）。

插入讀信的原因——若眞是插入的話——值得細查。現在，讓我們再一次、更仔細地讀這封信：

> 親愛的巴薩紐，我的船全都失事了，我的債主們越來越兇狠，我的財產跌到谷底；我跟那猶太人的契約過期了；如果依約償還，我勢必沒命，因此您我之間的債務就此一筆勾消，**只要我能在死之前見您一面**。話雖如此，還請您自行斟酌；**假如您的愛不催促您來，**就別讓我這封信催逼。

> (3.2. 315-22)

乍看之下，這封簡短的信表現了這位鉅賈的高尚和寬大：他願意扛下巴薩紐所有的債務——我們知道，這些債務遠超過此處所討論的三千塊金幣[4]；而且，既爲至交，就算巴薩紐沒有

4　巴薩紐在道出他成爲追求波點的「多少個傑生」之一的計畫前，便
　　坦承他對安東尼虧欠甚多：

完成他的最後心願——見他最後一面——他也不會怪罪。就波
點而言，她甚至不等對方開口（因信裡的字句她猶未聽聞），便
允其所請，展現了同等的高尚和寬大——與《量罪記》中的伊
色貝（Isabella）如出一轍——在她獲悉據傳身亡的胞弟克羅丟
（Claudio）事實上仍在人世之前，就先原諒了安哲洛（Angelo）。
讀出的信支持了波點的作為。

　　但是這封信也清楚說明了安東尼其人以及他和巴薩紐的關
係——尤其是聽在波點耳裡。此處必須指出：兩個假說（「只
要……」，「假如……」）明白顯示安東尼的寬大是**有條件的**。
假如第一個條件未能達成該當如何？這兩個好朋友之間的債務
當真就此一筆勾消？很有可能，但是我們不曉得。沒錯，安東
尼表示他無意強求巴薩紐速回威尼斯，他說：「還請您**自行斟
酌**」。不過，經這麼一說，他也在料想巴薩紐此刻何等幸福甜
蜜，和自己的淒苦悲慘之間做出強烈的對比。同樣的，第二個
「假如」可以有幾種解釋：「假如您的愛不催促您來」聽起來
可以像是發自一位非常淒慘而沮喪的朋友口中的斥責。巴薩紐

（續）────────────

對您，安東尼，
我虧欠最多的金錢和感情，
而由於您的愛，我才敢大膽
吐露我的計畫和目的，
如何還清我的所有債務。
To you, Antonio,
I owe the most, in money and in love,
And from your love I have a warranty
To unburden all my plots and purposes
How to get clear of all the debts I owe. (1.1. 130-34)

該如何衡量他對安東尼的愛？巴薩紐還能怎樣？不管怎樣，安東尼**不在場，不能**當面付出和接受。信裡最後一句牢牢地箝住了巴薩紐。總之，這封信讓巴薩紐除了火速趕回安東尼身邊外，別無其他選擇。此外，「愛」這個字的意義也相當含糊。在這最後一句裡，「您的愛」（your love）是什麼？「您的愛」又是誰？當然，它可以表示巴薩紐對安東尼的愛，也可以指的是巴薩紐的新歡波點。波點對這句話的理解似乎是後者，因爲當她一聽到這句話，就疾聲說道：

喔唷，愛！快辦完事情上路吧。
O love, dispatch all business, and begone! （323）

"O love"明顯指的是巴薩紐。因此，這封信也威脅著波點。既然「我這封信」代表安東尼本人，正如「您的愛」指的是波點，安東尼擺明了要爭奪巴薩紐的愛，這只更加強了波點親自到威尼斯一探究竟的決心。

安東尼的要求，有意也好，無心也罷，都與此劇其餘情節相契合：幾乎戲裡所有的事件和人際關係都是以各種約束著兩造的契約或約定爲基礎；即使是波點動人的比之爲「柔和的雨自天而降」（4.1.183）的基督教仁厚慈悲也不會自己落下，而是繫有一堆附帶條件的。

更重要的是，這封信也讓波點警覺到她的未婚夫和另一個男人之間的特殊「交情」——一種會妨礙她和巴薩紐夫妻關係的交情。波點先前聽著巴薩紐道出他和安東尼交情之深：「我／

把自己抵押給一個親愛的朋友，／把那朋友抵押給他的死對頭」，然後現在是一封信，信裡說著「您的愛」，信中道著絕望的請求。要說波點對這兩個男人間情誼的表白有些許懷疑甚或不安，我想是合理的。安東尼深愛巴薩紐，他們的威尼斯朋友們也不是沒看見。就在安東尼和巴薩紐碰面商討如何資助後者去貝兒芒求偶不久前，安東尼便承認自己悶悶不樂。本劇由安東尼開場：「眞不知道我爲什麼這麼憂鬱」，意味著他的憂愁乃肇因於巴薩紐預備離開，前去追求波點。撒拉瑞諾如此描述兩人的離別情景：

> 巴薩紐對他說，他會盡快地
> 趕回來；他[安東尼]回答說：「千萬別這樣。
> 別因爲我而把事情搞砸，巴薩紐，
> 要等有了結果，事情都搞定；
> 至於那猶太人跟我訂的契約，
> 別讓它干擾您的一心求愛。
> 您只管歡喜快活，全神貫注在
> 追求上。到了那裡，因地制宜，
> 見機行事，表現您的愛意。」
> 說到這裡，他的眼睛含著淚，
> 把頭一撇，把手擺在背後，
> 以何等的眞情眞意，緊握著
> 巴薩紐的手；兩人就如此別離。
> Bassanio told him he would make some speed

Of his return; he [Antonio] answered, "Do not so.

Slubber not business for my sake, Bassanio,

But stay the very riping of the time;

And for the Jew's bond which he hath of me,

Let it not enter in your mind of love.

Be merry, and employ your chiefest thoughts

To courtship and such fair ostents of love

As shall conveniently become you there."

And even there, his eye being big with tears,

Turning his face, he put his hand behind him,

And with affection wonderous sensible,

He wrung Bassanio's hand; and so they parted.

對此，索拉紐的看法是：

我看他[安東尼]眷戀這世界，只爲巴薩紐。

I think he [Antonio] only loves the world for him [Bassanio].

（2.8. 37-50）

　　姑且不論安東尼的性取向，我們能夠理解何以波點視安東尼和巴薩紐之間緊密的交情爲一大威脅[5]。持平而論，波點必須

5　Anthony Barthelemy於"Luxury, Sodomy and Miscegenation: English Perceptions of Venice in *The Merchant of Venice*"一文中提出精闢的見

「[開導]巴薩紐和安東尼，婚姻意味著獨特的責任，而這些責任使得慷慨有其限度」（Maus 1088）。

波點說到做到，一點時間都沒有浪費。Mahood認爲此信「必然是插入的『轉念』（second thoughts）；莎士比亞藉由此信強化了波點介入審判的動機」（125 注）。這些動機究竟是什麼，Mahood沒有明說，但是後續的發展導出波點的主要動機：捍衛她的婚姻。

法庭上的見聞給予波點充分的理由擔心她和巴薩紐的未來。當安東尼在法庭上被假扮爲法學博士包沙哲（Balthasar）的波點問到有什麼話要說時，安東尼轉向巴薩紐，說：

> 替我向您可敬的夫人致意。
> 告訴她安東尼是怎麼死的，
> 說我多麼愛您，蓋棺論定講我好話；
> 故事說完之後，請她來評斷，
> 巴薩紐有沒有被人愛過。
> Commend me to your honorable wife.
> Tell her the process of Antonio's end,
> Say how I loved you, speak me fair in death;
> And when the tale is told, bid her be judge
> Whether Bassanio had not once a love.

（4.1. 271-75）

（續）————————————————

解：既然新人尚未完婚，安東尼意欲藉著替巴薩紐血償違約打敗波點。見Marraopdi 165-77。

把友人之妻和朋友相提並論，顯示安東尼視波點爲情敵。
而巴薩紐的回答是：

> 安東尼，我已經娶了妻子，
> 她的可貴如我自己生命一般；
> 但我的生命、我的妻子、加上全世界，
> 在我眼裡都不如你的一條命。
> 我願意拋棄一切，對，用那一切
> 獻祭給這個魔鬼，來拯救您。
>
> Antonio, I am married to a wife
> Which is as dear to me as life itself;
> But life itself, my wife, and all the world
> Are not with me esteemed as thy life.
> I would lose all, ay, sacrifice them all
> Here to this devil, to deliver you.
>
> (4.1. 280-85)

雖已完婚卻未圓房的巴薩紐還沒準備好要爲新愛波點捨棄
舊愛安東尼。這兩個男人愛的告白促使波點說：「尊夫人不會
爲此感謝您的，／要是她在場聽見您這樣的奉獻」（286-87）。瓜
添諾擺出同樣慷慨的姿態，也被尼麗莎回以「還好您是背著她
許下的願；／否則這會把府上鬧得天翻地覆」（291-92）。這一幕
戲以呈現深刻感人的「無私友情」（"selfless friendship"）而受到
推崇（Myrick 604）；就某種層面而言，的確如此。但是男人間的

這般情誼卻會嚇壞他們的妻子，波點和尼麗莎就是這樣。波點對她丈夫和安東尼的關係所懷的最糟糕的猜疑──獲得證實。

　　劇中的戒指之計由此而生。當這場一磅肉官司（對這些基督徒商人而言）圓滿終結之後，安東尼又一次讓自己捲入巴薩紐的情事裡，他請求巴薩紐：

> 巴薩紐大人，讓他[波點／包沙哲]拿走那戒指吧。
> 讓他的功勞，加上我的愛
> 抵過尊夫人的誡命吧。
> My lord Bassanio, let him [Portia/Balthasar] have the ring.
> Let his deservings and my love withal
> Be valued 'gainst your wife's commandment.
>
> 　　　　　　　　　　　　　　　（4.1. 447-49）

　　「我的愛」對上了「尊夫人的誡命」：競爭持續著。無庸置疑的，一旦這些基督教商人凱旋回到貝兒芒，安東尼便成為家裡不得安寧，爭吵的「不幸的話題」（"th' unhappy subject"）。他終究得自動獻上自己，擔保巴薩紐會對波點忠實，一如他「當初為了（巴薩紐的）錢將（他的）身體出借」：

> 我敢再一次擔保，
> 以靈魂抵押，保證您家老爺
> 今後絕對不會故意違背誓言。
> I dare be bound again,

My soul upon the forfeit, that your lord

Will nevermore break faith advisedly.

（5.1. 249, 251-53）

　　大愛莫過於此：安東尼把自己的靈魂連同身體都獻給了巴薩紐。很諷刺的，或許安東尼始料未及的是，如此一來，他也把稱巴薩紐爲他的「愛」的名分讓給了波點。這位「品德極爲高尚」（1.1.163）的貝兒芒姑娘要令所有相關人等都明白夫妻之情大過朋友之義。她在貶抑夏洛並營救了安東尼之後，如今又在巴薩紐的愛情爭奪戰中成功地驅除了安東尼。

　　曾有論者質疑本戲最後一場的必要性。例如說：爲什麼此劇不在威尼斯基督徒對猶太人的官司大獲全勝的法庭高潮戲之後落幕？當然，答案有此一說：《威尼斯商人》情節鋪展的主軸有三：選婿、割肉，以及戒指計，三者皆來自 *Il Percorone*；一般咸認莎士比亞的主要來源在此，因此莎士比亞不過是依樣畫葫蘆。然而由先前的探討中可清楚得知，最後一場戲不可或缺，因爲莎士比亞意欲讓波點終結安東尼與其夫婿巴薩紐之間不尋常的交情。而安東尼捎給巴薩紐的信扮演了關鍵的角色，使波點做了重要決定。因此，這封表面上馬虎讀過的信實則影響劇情發展甚鉅，與主戲對話，並串起此劇主要情節的三條重要主軸。

引用書目

Bergeron, David M.. "Deadly Letters in King Lear," *Philological Quarterly* 72, 1993.

Bevington, David, ed. *The Complete Works of Shakespeare*, 4th ed., by William Shakespeare. NY: Harper Collins, 1992.

Barthelemy, Anthony. "Luvury, Sodomy and Miscegenation: English Perceptions of Venice in *The Merchant of Venice*." 見 Marrapodi 165-77.

Goldberg, Johnathan. Writing Matter: From the Hands of the English Renaissance. Stanford: Stanford UP, 1990.

Mahood, M. M., ed. *The Merchant of Venice*. by William Shakespeare. The New Cambridge Shakespeare. Cambridge:Cambridge UP, 1987.

Marrapodi, Michele, ed. Shakespeare and Intertextuality: The Transition of Cultures Between Italy and England in the Early Modern Period. Roma: Bulzon; Elitore, 2000.

Maus, Katherine Eisaman. Introduction. *The Merchant of Venice*. *The Norton Shakespeare*. Gen. Ed. Stephen Greenblatt. NY: Norton, 1997.

Myrick, Kenneth, ed. *The Merchant of Venice*. by William Shakespeare. *The Complete Signet Classic Shakespeare*. Gen. Ed. Sylvan Barnet. NY: Harcourt Brace Jovanovich, 1972.

二、馴猶記：

《威尼斯商人》中的第二人稱代名詞*

彭鏡禧著／彭安之譯

(一)V和T：「您」和「你」之語意

　　依據社會語言學的理論，人在運用語言時會以「微妙的方式界定彼此之關係，認同於某一社會群體，並建構自身所處之談話行為的類型」(Fasold 1)。由「權力」和「團結」兩項語意學主導的第二人稱代名詞稱謂語也是「微妙的方式」之一。故（1）權力較小者使用複數之V形式（源於拉丁文*vos*，略近漢語的「您」）稱呼權力較大者，對方則以T（源於拉丁文*tu*，略近漢語的「你」）回稱之；（2）「貴族原本以V互稱」，而一般人權力相當時「以T互稱」；（3）若「彼此權力相當且團結一致，則即便是上流階層，也以T互稱」，以示親密(Fasold 3-5)[1]。而「在這兩種語意

---

*　本文原以英文寫就，發表於*NTU Studies in Language and Literature* 9 (2000) 21-35。中文版刊於《中外文學》32：7（2003年12月）29-45，收入拙著《細說莎士比亞：論文集》155-76。

1　「研究稱謂以及其顯示之社會關係最具影響力的經典之作，是 [Roger] Brown 與 [Albert] Gliman 出版於1960的 "The Pronouns of

長期主宰之下……一般便把T定義為上對下的代名詞或親密的
代名詞，而V則為尊敬或正式的代名詞」（Brown & Gilman 311）。
在英文裡you就是V式而thou則為T式：「自從含有敬意的you在
1250年左右出現後，you–thou的區隔就在英文盛行，一直到15
世紀末」（Williams 91）。

　　權力和團結語意理論自最初提出之後歷經一些修正。Joseph
M. Williams 認為「到15世紀末，代表尊敬的you，在公眾談話裡
已太稀鬆平常，因此無論對方社會地位多麼低，以thou稱呼就算
是侮辱」(91)[2]。「從中古和早期現代英文文本來看」，Katie Wales
發現：

> 常常是在同一串話語裡，稱呼同一個人的時候，you 和
> thou 頗多變動；而且，像詩的格律般，往往表示意義
> 深遠的情緒轉變，很難用權力語意學或社會地位之轉
> 變來解釋。(75)[3]

（續）────────────
　　　　Power and Solidarity"」（Fasold 3）。按：根據Fasold書目，該文原載
　　　　American Anthropologist 4(6): 24-9 (1962)。
2　　他舉了幾個例子，作為thou具羞辱性的證據，包括莎士比亞《第十
　　　　二夜》裡Sir Toby鼓勵Sir Andrew用"thou"稱呼Viola（她那時候假扮
　　　　男裝為Caesario，在Count Orsino手下當差），以及Sir Walter Raleigh
　　　　受審判時，檢察官說"I thou thee thou traitor!"，予他羞辱(91)。
3　　她接著又指出you和thou在今日極不相同的意涵：現代用法把thou當
　　　　作高級、文雅，跟中世紀時代大相逕庭；那個時候，thou是低下階
　　　　層間的低級用語，有狎膩甚或不敬的含意(77)。又，某些宗教經文
　　　　和婚禮上至今仍繼續使用thou的形式，可見一般人喜歡thou所隱含
　　　　「親密關係的弦外之音」(78)。

　　如此的「詩律」及其在《威尼斯商人》裡的重要性是本文的重點。筆者企圖證明，藉由觀察V和T之使用，可以更加了解劇中猶太人夏洛和威尼斯的基督徒在重要戲劇場景裡彼此的互動。Wales把「you和thou在中古英文時期逐漸形成的標準英文裡主要的『意涵』變化」（75）做出表格，收錄於下，以便參考：

You		Thou
稱呼社會地位高於己者	<⋯⋯⋯⋯⋯>	稱呼社會地位低於己者
稱呼平輩	<⋯⋯⋯⋯⋯>	稱呼平輩
（高階層）	<⋯⋯⋯⋯⋯>	（低階層）
於公眾稱呼	<⋯⋯⋯⋯⋯>	於私下稱呼
正式或中性的稱呼	<⋯⋯⋯⋯⋯>	熟稔或親密
尊敬，仰慕	<⋯⋯⋯⋯⋯>	輕蔑，鄙視

　　本研究認爲，身爲劇作家，莎士比亞可以在戲劇對白中利用V和T之語意——例如在同一串話語或場景突然改變稱謂的方式——微妙地暗示各個角色間的關係，提供一個了解說話者內心情緒、心理發展的重要線索。

（二）「仁慈」的猶太人愈發受尊重

　　文獻指出，「15世紀義大利文學裡，基督徒對土耳其人和

猶太人用T，自己則被稱爲V」（Brown and Gilman 307）。莎士比亞絕大多數的戲劇作品亦然。在《威尼斯商人》裡，按一般社會常規，基督徒應稱呼猶太人夏洛 "thou"，而夏洛則應以 "you" 稱呼那些基督徒。這齣戲裡大都遵循這個規矩，但有一些有趣且令人玩味的例外——T和V使用上的互換，緊緊扣著戲劇上的發展和說話者命運的盛衰。以下我將詳細討論這齣戲裡V和T的社會語言學價值如何轉換成戲劇價值，終至於緊密關係到猶太人和基督徒之間的鬥爭，而反抗的猶太人夏洛在得了幾分之後還是輸了。

　　第一次的錯亂使用出現在巴薩紐這個基督徒用V的形式來稱呼猶太人夏洛的時候。他這樣做只有一個理由：希望那猶太人借他三千金幣好讓他能成行去貝兒芒。第一場第三景是如此開場的：

Enter Bassanio with Shylock the Jew.

SHYLOCK　　　Three thousand ducats, well.

BASSANIO　　Ay, **sir**, for three months.

SHYLOCK　　　For three months, well.

BASSANIO　　For the which, as I told you, Antonio
　　　　　　　shall be bound.

SHYLOCK　　　Antonio shall become bound, well.

BASSANIO　　May **you** stead me? Will **you** pleasure me?
　　　　　　　Shall I know **your** answer?

SHYLOCK	Three thousand ducats for three months and Antonio bound.
BASSANIO	**Your** answer to that.
SHYLOCK	Antonio is a good man.
BASSANIO	Have **you** heard any imputation to the contrary?
SHYLOCK	Ho, no, no, no, no! My meaning in saying he is a good man is to have you understand that he is sufficient. Yet his means are in supposition. . . The man is, notwithstanding, sufficient. . . I think I may take his bond.
BASSANIO	Be assured **you** may.
SHYLOCK	I will be assured I may. . . May I speak with Antonio?
BASSANIO	If it please **you** to dine with us.

$$(1.3.\ 1\text{-}30)^4$$

巴薩紐和夏洛上。

夏洛	三千塊金幣，嗯。
巴薩紐	是的，先生，借期三個月。
夏洛	借期三個月，嗯。
巴薩紐	這筆錢，我跟您說過，由安東尼擔保。

4　引文以David Bevington版為主，參照其他各家。中文由筆者自譯。

夏洛	安東尼擔保，嗯。
巴薩紐	您能幫這個忙嗎？您肯答應嗎？您回個話好嗎？
夏洛	三千塊金幣，借期三個月，由安東尼擔保。
巴薩紐	您看怎麼樣？
夏洛	安東尼這個人倒還好——
巴薩紐	您可曾聽別人說過他壞話？
夏洛	呵不是，不是，不是，不是：我說他這個人還好，是要您了解，他來擔保本來也還可以。可是，他的財產都還是虛的……這個人還算可以。三千塊金幣：我想可以接受這個借據。
巴薩紐	您儘管放心。
夏洛	我當然需要放心；為了放心起見，我要考慮一下——可以跟安東尼談談嗎？
巴薩紐	如果您肯跟我們一起用餐——

以上巴薩紐的七段台詞中，就用了多達八次的V形來稱呼夏洛，另外還有一次叫他Sir。

這時夏洛看到安東尼走過來卻故意不予理會 [5]，於是巴薩紐

5　夏洛在第三十行看見安東尼，問道："What news from the Rialto? Who is he comes here?"，巴薩紐回答說："This is Signor Antonio." 然而夏洛心裡惦記著對這老仇家的恨——也可能出於故意——居然沒有立刻跟他打招呼。就連巴薩紐提醒他說，"Shylock, dost thou hear?" 夏洛還繼續說了六行半的台詞，談到貸款的細節，才轉身以既嘲諷又威脅的口氣對安東尼說："Rest your fair, good signor!/Your worship

又再次用V形："Shylock, do **you** hear?"「夏洛，您聽到沒有？」
（l. 49）。如此持續一貫的使用方式排除了反諷或譏刺的可能性；
這個基督徒把這個猶太人當作比自己社會階級高或至少平起平
坐來稱呼。這種超乎尋常的禮貌語調所做的迫切請求——"May
you stead me? Will **you** pleasure me? Shall I know **your** answer?"
「您能幫這個忙嗎？您肯答應嗎？您回個話好嗎？」——只能
解釋成巴薩紐現在是低聲下氣的在拜託，因為他有無機會贏回
所失去的一切，全看夏洛肯否點頭答應借他錢。猶太人的一句
話，就可決定一個基督徒商人的成敗，所以他在這裡受到基督
徒一反常態的敬重。

　　同在現場的另一個基督徒安東尼也以V形來稱呼夏洛，但是
在這次對話中僅用了兩次。聽了夏洛引用《聖經》裡雅各所謂
「間接利息」的冗長說明之後，安東尼十分不耐煩地說：

> Was this inserted to make interest good?
> Or is **your** gold and silver ewes and rams?
>
> （ll. 92-93）
>
> 講段話是要證明放利合理嗎？
> 還是說，您的金子銀子是公羊母羊？

這樣的用法或許意味著距離或是表示正式，而不一定代表安東
尼的尊敬或禮貌。依前後文來看，甚至可能是以鄙夷或厭惡的

（續）────────────────────
was the last man in our mouths" (ll. 56-57)。

口吻說的。他在第103行用V型又說道：

Well, Shylock, shall we be beholding to **you**?
喂，夏洛，我們能不能仰仗您呢？

這也是一個曖昧不明的例子：在實際演出時，可以詮釋成不耐
煩（諷刺的「您」），或是安東尼正在努力壓抑自己的不耐煩（禮
貌的「您」）。無論如何，這禮貌的用法營造出一種尊敬的表象。
不過當夏洛利用他身為可能債主的優勢向「安東尼先生」發表
"Hath a dog money?"（「狗會有錢嗎？」）的演說時，怒不可遏的
安東尼再也控制不住憤慨和不滿，連最表面的禮貌也不顧，回
罵道：

I am as like to call **thee** so [i.e. dog] again.
To spit on **thee** again, to spurn **thee** too.
If **thou** wilt lend this money, lend it not
As to **thy** friends, for when did friendship take
A breed for barren metal of his friend?
But lend it rather to **thine** enemy,
Who, if he break, **thou** mayst with better face
Exact the penalty.

(11. 128-35)

我還是會繼續這樣稱呼你，
繼續向你吐口水，也會趕走你。

假如你願意借這筆錢，就別當作

借給你朋友；爲不孕的金錢

向朋友索取子息，算哪門子的友誼？

且把它當作借給你的敵人吧，

如果他破產，你也就更容易

要求處罰了。

安東尼於此展現的高姿態，對夏洛的輕蔑和侮辱，正好與巴薩紐在前述部分所展現的極度低調，甚至諂媚，形成極端對比。短短的八行裡，安東尼就用了七次thou以及其連帶形式（thee, thy, thine），明顯地企圖重拾主控權，重申自己凌駕這個外國人之上的優越感及主導權——簡而言之，就是要讓夏洛這個猶太債主好好謹守分寸。從這裡也可以看出，安東尼既身爲威尼斯基督徒商人的大老，也不是在爲自己向猶太人求助，因此再怎麼樣也毋需對夏洛逢迎諂媚。

　　值得注意的是，即使夏洛在這一景裡從頭到尾似乎都佔了上風，他卻一次都沒有用貶抑侮辱的T型來稱呼那些基督徒。（從夏洛和那些基督徒商人的關係來看，表示親密或熟稔的T型大可排除在外。）他或許沉浸在基督徒對他短暫而出乎意料的平等對待中，但在人稱使用上仍保持低調，遵守他身爲猶太人的語言遊戲規則。理由不難想像：在押印簽訂合同前，他尚未眞正鞏固他的優勢。更重要的是，如果我們相信潔西可後來說的，她父親 "would rather have Antonio's flesh / Than twenty times the value of the sum / That he did owe him" (3.2. 286-88)（「情願要安

東尼的肉／也不接受欠款總額的／20倍；」），則既然夏洛圖的是安東尼的命，他便會小心翼翼避免觸怒對手，不會冒簽約失敗的險，錯失這千載難逢痛宰安東尼的大好機會。在抒發他和族人長期遭基督徒不平等待遇壓抑已久的憤怒的同時，他可不希望在這節骨眼上顯得太過蠻橫囂張，用T來稱呼巴薩紐或安東尼。

然而，三個月後，安東尼無法交還三千金幣借款，情況可就不一樣了。在第三場第三景的最開頭，夏洛開始以T來稱呼安東尼。以下的對話就是典型例子：

ANTONIO	Hear me yet, good Shylock.
SHYLOCK	I'll have my bond. Speak not against my bond.
	I have sworn an oath I'll have my bond.
	Thou calledst me dog before **thou** hadst a cause,
	But since I am a dog, beware my fangs.
	The Duke shall grant me justice...
	… …
ANTONIO	I pray **thee**, hear me speak.
SHYLOCK	I'll have my bond. I'll not hear **thee** speak.

(ll. 4-12)

安東尼　　　　　　　　　　*請聽我說，好夏洛——*

夏洛	我要根據契約，別叫我放棄約定；
	我已經發過誓要遵守契約。
	你毫無理由就罵我是狗，
	既然我是狗，就防著我的尖牙利齒。
	公爵一定要給我公道。……
	……
安東尼	請您聽我說——
夏洛	我要照約定來；我不要聽你說。

現在安東尼這位威尼斯基督徒商人的大老，夏洛的頭號敵人，受到一個猶太人以thou稱呼來羞辱。「好夏洛」可不只是侮蔑安東尼一人。他以T型稱呼基督徒的用法一直延續到法庭，如是稱呼巴薩紐：

I am not bound to please **thee** with my answers.

(4.1. 65)

我的回答沒有必要取悅你。

接著又說：

What, wouldst **thou** have a serpent sting **thee** twice?

(4.1. 69)

怎麼，你會讓蛇咬你兩次嗎？

他對瓜添諾也是如此。瓜添諾問他，"Can no prayers pierce thee?"（「你對百般懇求都無動於衷嗎？」）夏洛反唇相譏說："None that **thou** hast wit enough to make"（ll. 126, 127）（「沒錯，就憑你的本事絕對辦不到」）。瓜添諾繼續責罵他，說他「心念貪婪、血腥、饑不擇食」，夏洛明明白白的以不屑和諷刺回道：

> Till **thou** canst rail the seal from off my bond,
> **Thou** but offend'st **thy** lung to speak so loud.
> Repair **thy** wit, good youth, or it will fall
> Into cureless ruin...
> （ll. 139-42）
> 除非你能罵掉我借據上的戳記，
> 這麼大聲嚷嚷只會傷了自己的肺。
> 好好修理腦筋吧，好孩子，以免
> 壞到不堪整修。……

夏洛以T型稱呼基督徒的用法，顯然因為他有信心打敗安東尼，贏得這場官司。"Till **thou** canst rail the seal from off my bond"：他所倚靠的就是合約在法律上的權威，而法庭裡的每個人，包括公爵和安東尼，似乎都認知並同意其效力。同時，夏洛以較年長——也因而較有智慧的姿態，嘲諷瓜添諾的無知："Repair **thy** wit, **good youth**, or it will fall"。此刻的威尼斯商人和他的基督徒朋友可比夏洛低了好幾等。

夏洛甚至用T型稱呼當時化身為公爵託付此案的年輕法學

博士波點。舉例來說，巴薩紐請求波點「爲一椿大大的善，做一件小小的惡」，波點堅定地回絕說「這不可以」、「這不行」（ll. 214, 216, 220）。這時，雀躍的夏洛脫口直呼：

> A Daniel come to judgment! Yea, a Daniel!
> O wise young judge, how I do honor **thee**!
>
> （ll. 221-22）

> 好個包青天再世；眞是包青天！
> 啊年輕有智慧的法官，我太尊敬你了！

當安東尼和巴薩紐公然互表愛意而拖延到法庭判決時，不耐煩的夏洛再度以thou稱呼這位法官，呼籲波點繼續進行：

> We trifle time. I pray **thee**, pursue sentence.
>
> （l. 296）

> 我們在浪費時間；我請你判決吧。

這些用法不能簡單的以波點顯然比夏洛年紀小來解釋，雖然在這一場戲裡她大概眞的是最年輕的角色。我們在前面已經見識過，夏洛對**所有的**基督徒，不分年紀大小，都使用V型。而且，就連公爵也在三行內就用了五次代表尊敬的Ｖ型來稱呼波點——「羅馬的年輕博士」（4.1.167-69）[6]。由此可以推論，預期

6　貝拉瑞歐在15行的推薦信裡，三次強調波點／包沙哲的年輕（4.1. 150-64）。

打敗安東尼而急於慶祝勝利的夏洛暫時忘了「禮貌」，即便是在公眾場合的法庭。

不過那也是整齣戲裡夏洛最後一次使用T型來稱呼任何一個基督徒。轉眼之間情勢逆轉，波點發表了出乎意料之外的聲明，說那紙合約只允許夏洛取一磅肉，而不許流一滴「基督徒的」血。現在他不但喪失了本金和先前捧到他眼前的利息，還得拱手讓出他的財富。夏洛如此絕望地哀嚎：

> Nay, take my life and all! Pardon not that!
> **You** take my house when **you** do take the prop
> That doth sustain my house. **You** take my life
> When **you** do take the means whereby I live.
> （4.1. 372-75）
> 免了，拿走我的身家性命吧，不必留了：
> 您奪走房子的樑柱，就是奪走了
> 我的房子；您奪走我賴以謀生的
> 工具，也就是奪走了我的生命。

猶太人對基督徒曇花一現的勝利頓時成空，夏洛得意洋洋的語氣不再，他短命的T型使用也在此劃上休止符。受挫的夏洛如喪家之犬般被迫接受基督徒的優勢和權力。他退回原本稱呼基督徒的方式——V型。約20行後，夏洛說出他在這齣戲的最後幾句話：

I pray **you**, give me leave to go from hence;
I am not well. Send me the deed after me,
And I will sign it.

（4.1. 392-94）

求您准許我離開這裡；
我人不舒服。隨後把契約送給我，
我會簽的。

　　或許這裡的you可以做複數解，不只是指波點，還包括所有在法庭的基督徒。但是可以確定的是，夏洛這後半輩子都得以V型來稱呼基督徒了。這象徵這猶太人完完全全無條件地投降。

　　從上面的討論我們可以看到在《威尼斯商人》裡，第二人稱代名詞的形式如何暗示發話者對自己和受話者之間地位關係的認知。既然規則是基督徒以T稱猶太人而被稱V，所有偏離規範的說法無疑表示某些不平衡或是對話者之間既定的社會關係發生驟變。莎士比亞把社會語言學上的特性轉換成戲劇手法，以表現角色的心理和情緒變化。劇情發展至此，最顯著的例子就是巴薩紐在夏洛點頭願意借三千金幣之前，以及夏洛在確定安東尼已經無計可施，特別是他預期法庭會支持他向安東尼要一磅肉之後。安東尼則僅在幾處「妥協」，而且很快就恢復嚴肅本性，維持自己的「尊嚴」——不愧是基督徒商人領袖。

(三)馴猶記

　　然而劇中基督徒陣營眞正的統帥要算年輕的波點。從她在第四場第一景處理夏洛訴訟案時的審問，可以看到劇中最幽微巧妙的人稱操控。她在V型和T型之間自由轉換遊走，語氣範圍廣闊，涵蓋公正、尊敬、同情、貶抑、鄙視、譏諷和直接威嚇。

　　一坐上法官的寶座後，波點就以V型來稱呼夏洛：

PORTIA	Is **your** name Shylock?
SHYLOCK	Shylock is my name.
PORTIA	Of a strange nature is the suit **you** follow,
	Yet in such rule that the Venetian law
	Cannot impugn **you** as **you** do proceed.–

(ll. 174-77)

波點	您的名字是夏洛？
夏洛	夏洛是我的名字。
波點	您提出的訴訟確實奇怪，但也
	合乎程序，因此威尼斯的法律
	無法挑您的毛病，得讓您打這官司。

波點在這裡藉著一串V來開庭，營造出法官該有的公正表象。她也明顯地展現禮儀，甚至施恩般的禮貌。夏洛既爲猶太人，本

應以T型稱呼，但既然他手中似乎握有一個基督徒的生死大權，便得到V型的待遇。（說是「似乎」，因爲整個法庭戲可以視爲波黠所設的陷阱；詳述於後。）然而這只是開始而已。在她發表完「仁慈之心」演說後，做如下結論：

> Therefore, Jew,
> Though justice be **thy** plea, consider this,
> That in the course of justice none of **us**
> Should see salvation. **We** do pray for mercy,
> And that same prayer doth teach **us** all to render
> The deeds of mercy. **I** have spoke thus much
> To mitigate the justice of **thy** plea,
> Which if **thou** follow, this strict court of Venice
> Must needs give sentence 'gainst the merchant there.
> (ll. 195-203)

> 因此，猶太人，
> 雖然公道是您的訴求，您要考慮：
> 一味地追求公義，我們誰都不能
> 得到拯救。我們都祈求上天慈悲，
> 同一篇的祈禱也教我們爲人處事
> 要悲天憫人。我說了這許多，
> 無非想勸你不要堅持討回公道，
> 你若執意如此，執法如山的威尼斯法庭
> 必須做出不利於這商人加以判決。

以頓呼法直稱夏洛為「猶太」，提醒我們，也當提醒了夏洛，現在由波點所代表的基督徒和夏洛所代表的猶太人之間社會地位的差異，這段話所用的T型可以解釋成在表示貶抑，意圖提醒夏洛要識相一點。另一方面，也可以解釋成波點紆尊降貴的要表示團結、同儕意識，來誘哄夏洛放了安東尼。這種解釋還有波點其他人稱代名詞的使用方式支持：她在同一段話裡用「我們」來把夏洛也算進去，而說自己時則明白地用「我」。從前後文看，這兩種解釋都是這裡T型所涵蓋的。

在最初的禮貌過後，波點在這場戲剩下的部分只用了5次V型來稱呼夏洛——和23次T型成鮮明的對比。5次V型的使用如下所列：

1. I pray **you**, let me look upon the bond.（l. 223）
   請您讓我看看那一張契約。

2. Have by some surgeon, Shylock, on **your** charge, / To stop his wounds…（ll. 255-56）
   夏洛，您出錢，找個外科醫師來，
   替他療傷……

3. 'Twere good **you** do so much for charity.（l. 259）
   您這樣子行善事也是好的。

4. And **you** must cut this flesh from off his breast. / The law allows it, and the court awards it.（ll. 300-1）

您必須從他的胸口割下這塊肉；

法律這麼容許，本庭如此裁決。

5. "...Tarry Jew! / The law hath yet another hold on **you**."
（ll. 344-45）

慢著，猶太人：

法律還要跟您算另一筆帳。

前三次的V型顯示波點依然願意迎合夏洛，給他表現慈悲的機會。而最後一個V型則帶有極大的諷刺，因為那時夏洛已經潰敗，準備將本金連同利息一併放棄。句中押韻的 "you" 和 "Jew" 密切相接，進一步地嘲諷這個尊稱。

第四個例子比較複雜。可以是開開玩笑說的，因為這時波點已經知道要如何對付夏洛；這個V不可能帶有任何真正的尊敬。也可能是個手段，以欺騙夏洛聽她的計畫，因為後面緊接著的是鼓舞的話語：「法律這麼容許，本庭如此裁決」。結果這竟然是夏洛和基督徒和解的最後機會。可是他依舊錯過或錯讀提示；或者應該說，他已受到波點誤導，以為「執法如山的威尼斯法庭／必須對這商人加以判決。」（ll. 202-3）。在波點進一步的鼓動之下，他大喊：「最有學問的法官！宣判了：來，預備好。」就在那時，波點宣布：「且慢，還有別的話要說。」（ll. 302-3）她緊接著令人大為意外地說明夏洛向安東尼取一磅肉的條件；這時，在七行之內她一連用了六個T型：

This bond doth give **thee** here no jot of blood;

The words expressly are "a pound of flesh."

Take then **thy** bond, take **thou thy** pound of flesh,

But in the cutting it if **thou** dost shed

One drop of Christian blood, **thy** lands and goods

Are by the laws of Venice confiscate

Unto the state of Venice.

(ll. 304-10)

這張契約卻沒有說給你一滴血。

白紙黑字明明寫的是「一磅肉」。

照契約來吧，你就拿走你那磅肉，

但是割肉的時候，如果你灑了

一滴基督徒的血，你的土地和家當

根據威尼斯的法律都要被沒收，

交給威尼斯充公。

這段話可絲毫沒有團結或親密的意味。波點在這裡，以及這一景爾後所有T型的使用，都是為了奠定她（以及威尼斯商人）對夏洛（以及猶太人）的勝利和優越感。種族歧視在此是不可或缺的要角，從波點強調「基督徒的」血就可以窺見。以下的例子也是明證：

—**Thou** shall have nothing but the forfeiture, / To be taken at **thy** peril, **Jew**. (ll. 341-42)

你什麼都不能拿，除了契約上寫的，

拿的風險由你自己承擔，猶太人。

—Art **thou** contented, **Jew**? What dost **thou** say?

(1. 390)

你滿意了嗎，猶太人？你怎麼說？

猶太人和低社會地位之間的等號顯而易見。

　　法庭這場戲，甚至《威尼斯商人》整齣戲，可以名為「馴猶記」。夏洛在最後聲稱自己「滿意」，但他其實受控於波點，而支配控制的方式有一部分就是透過一連串極度精心設計安排的第二人稱代名詞。語言因而成為這齣戲的角色、劇情和主題[7]。

引用書目

Bevington, David, ed. *The Complete Works of William Shakespeare.* Fourth ed. New York: HarperCollins, 1992.

Brown, Roger and Gilman, Albert. "The Pronouns of Power and Solidarity." Roger Brown, ed. *Psycholinguistics.* New York: Macmillan, 1970.

Fasold, Ralph. *The Sociolinguistics of Language.* Oxford: Basil Blackwell, 1990.

---

[7]　本文的英文版發表後，筆者同事范吉歐（Vassilis Vagios）教授更加深入地從語言學探討本戲，得到大體相同的結論，但他認為《威尼斯商人》不是反猶太的戲，而是「懼外人或懼他者」("xenophobic, or rather Other-phobic")（Vagios 102）。

Vagios, Vassilis. "Beyond T's and V's—Towards a Study of the Language of Social Relations in *the Merchant of Venice*." *NTU Studies in Language and Literature* 10 (June 2001). 75-104.

Wales, Katie. *Personal Pronouns in Present-day English.* Cambridge: Cambridge UP, 1996.

Williams, Joseph M. "'O! When Degree is Shak'd': Sixteenth-Century Anticipations of Some Modern Attitudes Toward Usage." Tim William Machan and Charles T. Scott, eds. *English in Its Social Contexts: Essays in Historical Sociolinguistics.* New York and Oxford: Oxford UP, 1992. 69-101.

國科會經典譯注計畫書目

聯經經典

威尼斯商人

2006年10月初版　　　　　　　　　　　　　　　　定價：新臺幣280元
2019年3月初版第四刷
有著作權·翻印必究
Printed in Taiwan.

　　　　　　　　　　　　　　　　　　著　　者　William Shakespeare
　　　　　　　　　　　　　　　　　　譯　　者　彭　鏡　禧
　　　　　　　　　　　　　　　　　　叢書主編　簡　美　玉
　　　　　　　　　　　　　　　　　　校　　對　陳　龍　貴
　　　　　國科會經典譯注計畫　　　　封面設計　蔡　婕　岑

出　版　者　聯經出版事業股份有限公司　　　總 編 輯　胡　金　倫
地　　　址　新北市汐止區大同路一段369號1樓　總 經 理　陳　芝　宇
台北聯經書房　台 北 市 新 生 南 路 三 段 9 4 號　社　　長　羅　國　俊
　　　電話　(0 2) 2 3 6 2 0 3 0 8　發 行 人　林　載　爵
台中分公司　台 中 市 北 區 崇 德 路 一 段 1 9 8 號
暨門市電話　(0 4) 2 2 3 1 2 0 2 3
郵 政 劃 撥 帳 戶 第 0 1 0 0 5 5 9 - 3 號
郵 撥 電 話　(0 2) 2 3 6 2 0 3 0 8
印　刷　者　世 和 印 製 企 業 有 限 公 司
總　經　銷　聯 合 發 行 股 份 有 限 公 司
發　行　所　新北市新店區寶橋路235巷6弄6號2F
　　　電話　(0 2) 2 9 1 7 8 0 2 2

行政院新聞局出版事業登記證局版臺業字第0130號

本書如有缺頁，破損，倒裝請寄回台北聯經書房更換。　　ISBN　978-957-08-3050-7 (平裝)
聯經網址 http://www.linkingbooks.com.tw
電子信箱 e-mail:linking@udngroup.com

國家圖書館出版品預行編目資料

威尼斯商人 / William Shakespeare 著 .
　彭鏡禧譯注 . 初版 . 新北市；聯經 .
　2006年（民95）248面；14.8×21公分 .
　（聯經經典）
　參考書目：2面
　ISBN　978-957-08-3050-7（平裝）
　［2019年3月初版第四刷］

873.43341　　　　　　　　　　95015606